Undergiven Slav och andra berättelser

Erika Sanders

Serier
Dominans och erotisk underkastelse

Omslagsbild: @ Ti Murray- Wyle - Pixabay, 2024

Första upplagan: 2024

Synopsis

Den här boken består av följande berättelser:

- Undergiven Slav
- Sandys önska
- Zombie apocalypsex

Undergiven Slav är en roman med starkt erotiskt BDSM-innehåll och i sin tur en ny roman som tillhör samlingen Erotic Domination, en serie romaner med högt romantiskt och erotiskt BDSM-innehåll.

(Alla karaktärer är 18 år eller äldre)

Anmärkning om författare:

Erika Sanders är en välkänd internationell författare, översatt till mer än tjugo språk, som signerar sina mest erotiska skrifter, långt ifrån sin vanliga prosa, med sitt flicknamn.

Index

Synopsis
Anmärkning om författare:
Index
UNDERGIVEN SLAV OCH ANDRA BERÄTTELSER ERIKA SANDERS
UNDERGIVEN SLAV
KAPITEL I
KAPITEL II
KAPITEL III
KAPITEL IV
KAPITEL V
SANDYS ÖNSKA
ZOMBIE APOCALYPSEX
SLUTET

UNDERGIVEN SLAV OCH ANDRA BERÄTTELSER
ERIKA SANDERS

UNDERGIVEN SLAV

KAPITEL I

Var fan var hon?

Så tänkte jag när jag satt vid ett bord för två i cafeterian på en huvudgata i utkanten av staden.

Jag hade redan druckit två koppar kaffe och det var mer än en timme efter vad vi hade kommit överens om igår och fan, jag behövde gå och kissa.

Utan att veta om jag skulle stanna eller lämna eller vad som helst, övertygade jag mig själv till slut om att jag hade blivit förkyld och bestämde mig för att gå och få hjälp.

Vilket jävla slöseri med tid och det här är bara ännu ett slag mot mitt ego... det hände för nära den andra gången, jag borde ha vetat bättre, tänkte jag när jag reste mig från bordet och begav mig till herrrummet.

Vi träffades på chatt häromkvällen.

Jag hade skapat ett rum med ett ämne om att hitta en Dominatrix i rätt område och efter några timmar kom Lucy in och vi började prata om vad vi gillar och inte gillar med situationen och ämnet.

Vi bytte bilder...inget riskabelt, bara bilder på oss i normal klädsel först.

Vi gillade vad vi såg och bestämde oss för att träffas på kaféet i morse tidigt på lördagsmorgonen...faktiskt väldigt tidigt...kl 6:15.

Lucy ber mig sedan skicka en lista över mina gränser till henne... en komplett lista över vad jag inte skulle göra och vad jag ville göra.

Hon lät mig också skicka alla mina mått till henne; allt från längden på min kuk när den var upprätt till storleken på min sko.

Senare bad hon mig att skicka bilder på min kuk som den normalt hängde och även med full erektion.

Han hade gjort allt, men fan han hade hamnat här i cafeterianbadrummet.

Jag lämnade kaféet och begav mig till min bil, som var på baksidan av parkeringen där jag hade sagt till Lucy att jag skulle parkera den och samtidigt hade gett henne mitt registreringsnummer.

När jag öppnade dörren började passagerarsidans fönster på en svart SUV parkerad bredvid mig rulla ner.

" Peter är det du?" sa en kvinnlig röst mjukt

Jag sa till honom att det var jag.

"Jag är ledsen, men jag var tvungen att se till att du var den person du verkligen sa att du var."

Jag tittade på föraren och mitt hjärta började slå i en fantastisk takt.

Det var Lucy och hon såg vacker ut...i en läderrock och höga läderstövlar.

Hennes läderrock var uppknäppt i botten och avslöjade bara lår och lite läder ovanför dem, men jag var inte säker på exakt vad lädret var, men det tjänade sitt syfte att spännande mig.

"Var fan var du? Jag väntade på dig i över en timme." Jag utbröt när jag tittade på hennes stövlar och kände hur min kuk började uppmärksamma situationen.

"Nu Peter, säg bara vad du känner. Om du fortfarande är intresserad av att träffa mig så följer du mig hem till mig just nu. När vi väl är där kommer du att dra in i garaget i utrymmet bredvid min bil. Förstår du den ungen?"

Innan han hann svara stängdes fönstret och SUV:n drog ut från parkeringen och började köra iväg.

Min erektion dog på plats på rekordtid.

Vad ska jag göra, vad ska jag göra?

Förbanna.

Jag hoppade in i min bil och sprang efter henne i hopp om att det inte var för sent.

" Var är hon?" Jag sa till mig själv när jag närmade mig utgången... "Där svängde han höger, han är på väg västerut."

Jag försökte hålla jämna steg och hålla henne inom sikte utan att köra fort, eftersom den här vägen var känd för sina fartkameror.

Jag hade den i sikte när den plötsligt passerade genom ett bärnstensfärgat ljus som tvingade mig att stanna och se den försvinna.

"Bitch...han gjorde det med flit," skrek jag till ingen.

Jag väntade på att ljuset skulle bli grönt i vad som verkade vara en evighet, sedan körde jag iväg så fort det var tillåtet, i tron att jag hade tappat det.

"Där är hon, varsågod." Jag skrek för mig själv...hon måste ha fastnat i trafiken eller så hade hon kanske stannat.

Jag följde precis bakom henne efter det här stoppet, och några mil senare svängde hon äntligen höger in på en sidoväg, känd för sina dyra bostäder och fantastiska vyer, eftersom de var tomter vid sjön.

Vi körde i mycket lägre hastighet.

Han vill nog inte att grannarna ska märka något tänkte jag.

Sedan svängde han till höger på en väg som hade ett enormt hus i slutet och min första tanke var att jag var vilse... men han körde till garaget och öppnade dörren innan jag kom dit.

Hon lämnade bilen på vänster sida och jag körde bredvid henne på höger sida.

Jag kom knappt in i garaget när dörren började stängas, jag stängde av bilen och gick ut.

Hon öppnade en dörr till huvudhuset och gjorde en gest åt mig att följa efter henne, vilket jag gjorde, men tveksamt.

Jag torkade mina fötter på en matta, gick in i huset och stängde dörren efter mig.

Sedan vände jag mig om för att titta på Lucy.

"Vet du att du bor fem mil från mig..."

Smäll...Smäll...Smäll...hon slog mina kinder hårt.

"Hur vågar du prata med mig som du gjorde? Du kommer aldrig att ifrågasätta mig igen, en värdelös skit som du! Förstår du mig, Peter?"

Jag blev chockad, hade inte förväntat mig detta.

"Ja jag antar det."

Han tog tag i mig framtill på min skjorta...smäll, smäll...smäll.

Hon slog mig igen och den här gången försökte jag skydda mig och tog tag i hennes handled... bara av reflex, men jag insåg att det var dumt och släppte snabbt taget.

"Oh shit, jag är smutsig", tänkte jag och väntade på att hon skulle säga åt mig att gå.

"På knä NU Peter!" sa han högt medan han tog tag i mitt hår och tvingade ner mig.

"Du har förtjänat ett litet straff, slav." Hon sa.

Hon kallade mig slav och jag trodde att hon hade gjort det i 20 minuter.

Mina knän var ihop, mina händer var på båda sidor för att hålla mig stabil, och jag tittade på henne.

Hon tittade på mig och sparkade mig sedan hårt där mina knän berördes.

"Bred de knäna, kärring!"

Jag gjorde som jag blev tillsagd.

Hon placerade sedan toppen av sin högra fot på min kuk och tryckte på den hårt.

"Glöm det inte igen, Peter. Lägg också ner ditt jävla huvud och titta i golvet. Lägg händerna på dina lår, handflatorna uppåt, i rätt position för en slav.

"Du har tjänat femton slav piskrapp som du kommer att få när vår session börjar. Fem är för att du var fräck när du frågade mig var fan jag var. Fem är för att du svarade felaktigt genom att inte tala till mig med respekt och inte kalla mig älskarinna eller älskarinna Lucy. Det kommer du alltid att göra när du inte är offentligt, d.v.s. i en bil eller i ett hus...vare sig här eller i ett privat rum. Fem är för att han rörde mig utan godkännande när han tog tag i min handled. Om du gör det. det igen, du kommer att straffas över dina gränser, eftersom jag måste skydda mig själv.Förstår du varför du blir straffad, Peter?

Jag såg henne i ansiktet så gott jag kunde och sa:

"Ja jag förstår".

Hon tog ett hårt tag i mitt hår och såg mig i ögonen.

"Det blir ytterligare fem smisk för att jag inte lydde mig genom att titta upp och visa respektlöshet genom att inte hänvisa till mig som älskarinna. Förstår du mig, Peter?"

Jag sänkte ögonen och huvudet så gott jag kunde, fastän hon fortfarande höll mig i håret, sa jag:

"Ja, matte Lucy, jag förstår."

"Igår diskuterade vi att du skulle bli min ångerfulla och min sexslav, och att du behövde utbildning. Stämmer det Peter?"

"Ja, frun, det stämmer."

"Du sa att dina gränser inte var tonåringar eller under, inget blod, inga nålar, inga nålar, inga permanenta märken. Stämmer det, Peter?"

"Ja, frun, det stämmer."

"Har du städat dig i morse med den snabba lavemangmetoden vi diskuterade?"

"Ja, fru Lucy, jag gjorde det precis som du sa till mig."

"Är du fortfarande intresserad av att bli min sörjande och sexslav Peter?

"Ja, frun, mer än någonsin."

Sedan släppte han mitt hår när han tittade ner i marken.

Det känns som att jag precis hoppat ner i bassängens djupa ände och inte har lärt mig simma.

"Jaha, låt oss se om du kan tränas. Stå upp och töm alla fickor, ta av dig klockan och ringarna och lägg allt på det lilla bordet!" vilket hon påpekade. "Ta sedan av dig skorna och lägg dem på golvet bredvid bordet."

Jag gjorde allt han sa till mig så snabbt jag kunde och eftersom det var min första chans såg jag mig omkring i huset.

Det var i stora salen, inte långt från trappan som ledde till källaren.

Jag tittade på Dominatrix utan att få ögonkontakt och såg att hon fortfarande var i sin läderrock och stövlar.

Gud, hon är ännu vackrare än bilden hon skickade till mig.

Kort mörkblont hår med lugg i ögonen, jag kan inte vänta på att få reda på hur resten av henne är tänkte jag.

"Nu Peter, du ska ta av dig alla dina kläder för en inspektion; händerna bakom huvudet, huvudet nedåt och benen brett isär. NU din jäkla tik, inte imorgon!"

Jag klädde av mig så snabbt jag kunde och stod naken för att inspektera mig själv.

När jag tittade ner såg jag hur min kuk började växa i väntan på att mina drömmar skulle gå i uppfyllelse.

Gud, vad jag önskar att han fick mig att sperma nu, tänkte jag.

"När jag sa att jag ville ha dina ben brett isär, menade jag det. Nu, sprid dina ben. BREDARE! Din idiot, idiot. Och du kan glömma att få en orgasm när som helst inom en snar framtid slav. Jag kommer att vara slav. bara en att avgöra när du får en."

"Jag är ledsen frun...ja frun" sa jag ut och tittade på min hårda kuk.

Sedan tog han av mig mina kläder och gick sakta runt mig.

Först klämde hon ihop en bröstvårta och sedan klämde hon hårt på huvudet på min penis medan hon stönade genom sammanbitna tänder.

Hon skrattade när hon testade mig flera gånger.

"Nu, slav Peter, ska du samla alla dina kläder och gå ner i källaren. Öppna den första dörren till höger, gå in och stäng dörren. Tänd inga lampor... Där, i mitten av rummet hittar du en sportväska med instruktioner ovanpå. Gå direkt till väskan, läs instruktionerna och följ dem exakt. Du har 20 minuter på dig att slutföra den här uppgiften och jag kommer att titta på alla dina rörelser med kameran. Gör du förstår Peter?"

"Ja, fru Lucy, jag förstår."

"Så gå, pojke, du har redan använt 20 sekunder."

Så snabbt jag kunde samlade jag ihop mina kläder, sprang ner för trappan, öppnade den första dörren till höger, gick in och stängde den efter mig.

"Vad fan har jag gett mig in på, jag är verkligen skruvad."

Ja, jag hoppade definitivt ner i en djup avgrund.

KAPITEL II

Det var inte meningen att det skulle gå så fort tänkte jag för mig själv medan jag såg till att dörren var stängd.

Jag lutade huvudet mot dörren, slöt ögonen och undrade om detta verkligen hände.

En 40-årig professionell man, som jag, frånskild, höll äntligen på att uppfylla sin fantasi.

Jag hade blivit introducerad till en helt ny värld.

Där, i mitten av rummet, med en enda spotlight som lyste i taket, låg en svart matta med en sportväska ovanpå, en Nike-väska faktiskt.

Jag gick snabbt fram till henne och kände kylan från betonggolvet på mina fötter.

Kanske var han i sin fängelsehåla.

Längst upp i väskan låg ett vikt papper med en lapp skriven "Slav Peter", jag, men hur hade han vetat att jag skulle vara här?

Jag tog upp lappen och började läsa den.

Slav Peter

Bitch, du går på knä just nu för att läsa den här anteckningen.

Följ instruktionerna exakt och var snabb eftersom din tid börjar ta slut.'

Jag knäböjde snabbt och såg mig omkring medan jag gjorde det, men det var inget ljus i resten av rummet; bara ljuset lyser på mig när jag läser lappen.

1. Stapla försiktigt dina kläder bredvid väskan.
2. Ta upp allt ur väskan och lägg dina kläder i den.
3. Sätt på kragen, se till att den sitter tätt och lås den sedan.
4. Sätt på kroppsselen och fäst alla spännen och hammarringen. De måste alla vara täta.

5. Fäst handleds- och ankelmanschetter och fäst med ett hänglås. Var och en är markerad vart den ska gå och ska sättas på tätt.

6. Lås ihop ankelmanschetterna med 6-tumskedjan och hänglåsen.

7. Spänne på käken. Det är en käke med öppen bredd och ska vara väldigt tight.

8. Kontrollera området och lägg allt du inte använde i väskan.

9. Sätt på ögonbindeln och fäst den ordentligt!

10. Lås ihop handledsmanschetter.

11. Anta slavpositionen och vänta.

När jag läste lappen föll jag på knä när jag försökte hitta varje föremål i väskan, och slutligen, frustrerad över att försöka hitta dem, kastade jag helt enkelt väskan framför mig.

När jag såg allt trodde jag verkligen att andra skulle komma eftersom allt detta inte kunde vara bara för mig.

Plötsligt, från en högtalare direkt ovanför mig, kom hans röst, hög och djup och tung.

"DU HAR 15 MINUTER KVAR."

Den påminnelsen utlöste panikläge inom mig och jag samlade snabbt ihop mina kläder, kastade dem i väskan och stängde den.

Sedan gick jag igenom högen med läderband tills jag hittade kragen.

Fan, det är en straffkrage.

Jag tittade på den tjocka fyra tum höga svarta kragen och undrade hur jag skulle få på mig den, tills jag märkte att det fanns ett litet öppet hänglås som passade genom ett hål i spännets extra breda tapp.

Nu förstod jag hur den skulle användas och tog bort låset.

Jag lyfte upp huvudet och placerade det runt halsen så att öppningen var bak och en D-ring fram och fäste den i ett bekvämt läge.

Jag satte sedan hänglåset genom stifthålet och låste det.

Där sitter den där jäkla saken tänkte jag.

Vad kommer härnäst?

Lyckligtvis hade jag ägnat lite tid åt att undersöka ämnet dominerande leksaker och hade sett flera kroppsselar annonseras online, så jag kunde snabbt hitta den och, efter att ha hållit i den ett ögonblick, bestämde jag mig för att det var en bålsele.

Så snabbt jag kunde bestämde jag framsidan bakifrån, kastade den runt mig så att huvudringarna var på baksidan och de flesta justeringsspännena var på framsidan.

Lyckligtvis var de två remmarna som gick runt vardera sidan av min hals lösa och detta hjälpte till att positionera framsidan bakifrån, tillsammans med det faktum att cockringen också hängde framtill.

Dessa två remmar möttes i en ring framtill och baktill på en nivå strax under mina bröst.

Från denna ledde en enda rem till en annan ring i nivå högst upp på mina höfter och från den här ringen framtill höll en annan rem cockringen med remmen fäst under.

Både fram- och bakringar höll banden för att koppla ihop sidorna framifrån och bak.

Efter några sekunders vridning och vridning bestämde jag mig för att koppla ringens sidoband under mina bröst och spännde dem tills de var åtsittande, men inte för hårt.

Jag upprepade sedan samma sak med sidobanden på höfterna.

Det här började bli svårt eftersom det här nackbältet höll mitt huvud uppe och jag kunde inte se bra vad jag gjorde.

Cockringen var nästa och jag visste att det skulle behöva göras bara genom att känna på det utan att kunna titta.

Gud, jag önskar att jag hade överdrivit mina kukmått när Lucy bad om dem.

Den hänger inte lika bra på mig nu och jag förväntade mig inte att det skulle bli något problem förrän jag kunde hålla upp kukringen så att jag kunde se den.

Fan, den är liten!

Hur ska jag få dit mina delar?

Jag tog den en boll i taget och hade turen att min kuk var lös då och jag kunde pressa skaftet genom det återstående utrymmet.

Lite glidmedel hade hjälpt, men det fanns inget.

Jag spände cockringremmen till höftringen och tog sedan den återstående cockringremmen, placerade den mellan mina ben och baksidan av min höft på ryggen och sedan, med armarna bakom mig, knäppte jag ihop så gott jag kunde.

Så fort jag gjorde det började jag få erektion med resultatet att smärtan vid basen av min kuk och bollar kändes förvånansvärt fantastisk.

Jag spände sedan varje rem och upprepade processen om och om igen tills jag kände att de var så tajta som de behövde vara.

Hela processen höll min kuk upprätt tills den var klar.

Lucys röst kom från takhögtalaren igen och hon verkade mer dominant än tidigare.

"SLAVE, DU HAR 5 MINUTTER KVAR."

"Nej, det är inte möjligt, frun. Det kan inte vara." Jag protesterade.

"DU HAR 5 MINUTTER. SKYNDA."

Så snabbt jag kunde placerade jag mig och låste handlederna och anklarna och pekade vart var och en skulle gå.

Jag hittade sedan kedjan och fäste den på mina ankelmanschetter med hänglås fästa på D-ringarna på varje manschett.

Allt detta var ingen lätt bedrift eftersom den jävla straffkragen begränsade min syn.

Sedan gaggen!

Det var tjockt läder och hade en stor öppning för mina läppar och tänder att passera genom.

När jag först provade det tänkte jag att det måste vara ett misstag eftersom jag inte kunde få munnen över den utstickande ringen vid första försöket.

Jag försökte igen och stack in tänderna i ringen, men det var smärtsamt obehagligt.

Jag knäppte den hårt för att se till att den inte lossnade.

Gud, hålet var tillräckligt stort för en bra medlem, men jag hoppades att jag aldrig skulle få det. Varför satte jag inte det på min lista över gränser?

Efter att ha hittat ögonbindeln plockade jag upp allt, lade det i påsen och stängde det.

Jag säkrade ögonbindeln och precis när jag säkrade den vaknade takhögtalaren till liv.

"DIN TID ÄR ÖVER. NU ÄR DU MIN SLAV."

Oh shit, jag glömde låsa mina handleder, jag skrek in i munnen.

Desperat hittade jag väskan, öppnade den och efter vad som verkade vara en evighet hittade jag ett öppet hänglås.

Snabbt men med svårighet och det måste ha tagit mig 2 minuter eller mer kunde jag knyta handbojorna bakom ryggen.

Sedan knäböjde jag där i total underkastelse, knäna isär.

Å nej! Jag stängde inte väskan.

Jag knäböjde där under vad som verkade vara den längsta tiden i världen när jag lyssnade på dörren som öppnades och stängdes.

Det hördes inte ett ljud; Han sa ingenting.

Stövlarna klickade i golvet och jag visste på luftens rörelse över min kropp och lukten av hennes parfym att hon var nära.

Gud vad det luktade fantastiskt.

Det var flera år sedan jag hade en sådan kvinna så nära mig.

Jag kunde höra lädret på hans stövlar, tänkte jag och föreställde mig att han inspekterade väskan.

Jag kände lukten av lädret han hade på sig och jag började bli upphetsad när jag knäböjde i underkastelse.

Plopp!

"Agrrrrrrrrrr", stönade jag efter att ha fått en spark i mina bollar som gjorde mer ont än någon annan smärta jag någonsin fått i mitt liv.

Den oväntade smärtan tvingade mina knän att sluta ihop.

"Du var olydig mot mig, din värdelösa skit. Sprid de knäna NU!"

Jag lydde sakta och flyttade bort mina knän i väntan på att få ett nytt slag, men ingenting kom.

Jag mumlade in i munkavlen ett oskiljaktigt "Förlåt älskarinna".

"Du gör mig besviken, Peter. Du har misslyckats med ditt första uppdrag och som ett resultat kommer du inte att få din smisk förrän på festen ikväll och den kommer att tredubblas."

Fest? Vad i helvete pratar du om?

Jag tänkte plötsligt och Lucy måste ha känt av min oro på grund av någon rörelse i min kropp.

"Jag ska bjuda över några av mina vänner ikväll. Vill du vara med som min slav, Peter? Du kommer att vara huvudattraktionen; faktiskt, ikväll kommer du att vara den enda attraktionen. Tja, är du intresserad ?"

Jag försökte ta till mig all denna nya information när...smäll...hans hand landade på min vänstra kind.

Fan, det gör ont.

"Jag ställde en fråga till dig, Peter. Är du intresserad? Om inte, slutar din tjänst just nu!"

Så gott jag kunde skakade jag på huvudet för att indikera att jag var intresserad och mumlade in i munnen:

"Snälla, låt mig vara med på din fest, matte Lucy."

"Okej Peter, du ska få gå hem och göra dig i ordning för festen, men först har vi lite saker att ta hand om här och nu. Du följde inte instruktionerna så bra, eller hur? Du gick inte alla leksaker för vår session, ditt halsband är "Jag släpper loss och jag är kåt som fan. Mycket dålig tik eftersom jag planerar att vara väldigt hård mot dig ikväll för detta."

Han tog mig sedan i håret och drog mitt huvud tillbaka till den punkt där jag kunde föreställa mig att han tittade ner på mitt munkavle och ögonbindel.

"Om några minuter, min hora, kommer du inte längre att vara så olydig", sa han med en djup, befallande röst.

Jag visste vad han menade och jag knäböjde där tyst efter att han släppt mitt huvud.

"Först måste jag lära dig att alltid respektera och lyda din älskarinna."

Ljudet av hans stövlar tydde på att han hade flyttat iväg och snart hörde jag något som snurrade åt mig.

Sedan kände jag henne bredvid mig och jag kände också att något rörde sig framför mig.

Hans hand låg på baksidan av mitt huvud och lossade ögonbindeln som långsamt lossnade och jag blinkade flera gånger för att anpassa mig till ljuset.

Framför mig var sidan av en svart träbänk som måste ha varit fyra fot lång med en svart vadderad läderöverdel ungefär två fot bred.

Rummet var nu fullt upplyst och när jag såg mig omkring lade jag märke till alla läderartiklar och piskor som hängde från väggarna och alla kedjor och rep som hängde i taket.

När jag vände huvudet ytterligare åt höger, FINNS HON.

Åh shit, hon är så vacker, tänkte jag.

Hon var fortfarande i de svarta läderkängorna, men hon bar bara en liten svart läderkorsett som täckte området från hennes höfter till strax under hennes bröst, och ett par svarta läderhandskar.

Jag började genast hårdna.

"Stå upp, slav, böj dig över bänken", beordrade han.

Ärligt talat så försökte jag resa mig upp, men jag var stel av all den tid jag låg på knäna och kedjebromsarna på anklarna gjorde det omöjligt.

Hur mycket han än försökte föll han alltid på knä eller föll åt ena eller andra sidan.

"Åh, fan" skrek hon och jag visste att hon blev arg på hennes ansiktsblick och tonen i hennes röst.

Plötsligt verkade han hoppa och tog tag i ringen på framsidan av min hals.

Fy fan, det gjorde ont, sa jag till mig själv när jag ställde mig plötsligt upp och satte mig på bänken och sparkade på anklarna när jag gjorde det.

När jag stönade var allt hon sa:

"Vän dig vid det, pojke! Ikväll kommer att bli värre."

Efter att han kastat mig på bänken, band han mig med ett rep från ringen på min hals till en öljett längst ner på bänken, så att jag från huvudet till axlarna böjdes över bänken.

Från hörnet av mitt högra öga kunde jag se My Mistress ta ett läderband som hade hängt på väggen med många andra remmar.

Den var kanske tre tum bred och inte särskilt tjock, och jag var tacksam för att det inte var barberarrep som fortfarande hängde på väggen.

Smäll ... smäll ... smäll.

Hon slängde remmen mot min skinkor i vad som verkade vara en evighet.

När jag försökte röra mig för att undkomma begränsningen höll hon mig med mina handfängsel och höjde mina armar för att stoppa min rörelse.

Till slut avslutade han och hans hand smekte mina skinkor när han lutade sig ner och slickade min axel.

"Du måste alltid lyda mig, Peter. Förstår du?"

Jag mumlade ett Yes AMA i min gag när han rörde sig mot sportväskan på golvet.

Sedan tittade han igenom den och tänkte vad han letade efter, drog han fram ett läderbälte som hade en svart dildo på sig.

Jag såg hur hon snabbt höll den runt midjan och mellan benen tills den kändes säker och på rätt plats.

Sedan gick hon sakta fram och tillbaka och såg till att jag kunde se vad som skulle hända och ställde sig framför mig.

Han lyfte mitt huvud i håret och guidade dildon till min gag.

"Slav, jag har valt den minsta dildon som jag måste knulla dig med. Jag hoppas att du uppskattar min gest. NU, sug den så att den är grundad och blöt. Jag kommer också att använda ett glidmedel så att du kan njuta av denna stund, våra första tillsammans."

När hon sakta stoppade in dildon i gaghålet försökte jag hålla tillbaka den med tungan så gott jag kunde och cirklade sedan runt den för att fukta den.

Att suga honom var uteslutet, men han visste att det skulle bli ett krav i framtiden; kanske till och med ikväll.

Damen tog sedan ut sin leksak ur min mun och ställde sig upp, där hon öppnade kedjan på mina anklar och spred ut mina ben tills jag trodde att jag skulle delas i två delar.

Sedan kände jag hur hans handskbeklädda händer lossade remmen som rann mellan mina ben.

Hon spred mina skinkor när hon sakta gick in på mitt outforskade territorium.

"Oh ja" skrek han upprepade gånger när han tryckte in sig i mig och sedan började knulla mig på allvar nu med en hand på var och en av mina höfter.

Jag hade inte uppmärksammat det tidigare, men nu insåg jag att min kuk var hård och gnuggades mot bänken medan min älskare knullade mig.

Hon märkte också min tillväxt och ena handen gick till min kuk och klämde den hårt.

"Åh, din lilla leksak. Den kommer att glädja oss alla ikväll, men kom ihåg att om du kommer så måste du slicka bort den. Åh, ja, lilla tik, fan, åh, så bra."

Sedan efter några minuter drog han sig ur mig och höll mina axlar medan han vilade huvudet på min rygg.

Hennes andning var väldigt snabb och han visste att hon var glad.

"Du är min Peter, all min, lämna mig aldrig. Jag har letat efter dig hela mitt liv."

Efter att hon lossat mig knäböjde jag framför henne och såg hur hon låste upp och tog ut allt jag hade tagit med som slav.

När jag var helt naken intog jag slavpositionen och såg på när hon gick till ett annat skåp och tog fram en svart sammetsväska.

Hon kom tillbaka och ställde sig framför mig.

"Peter, den här väskan innehåller allt du måste ha på dig ikväll. Du får inte bära något annat från det ögonblick du lämnar ditt hus och din bil kommer att genomsökas för att se till att du lydde. Du kan också följas av en av mina vänner . ditt hus till festen, men du kommer aldrig att veta, så du måste vara förvarnad.Du får inte öppna väskan förrän 17.00 och du måste gå in i garaget exakt 18.00, se framåt och vänta där tills någon kommer och hämtar dig. Nu ska du klä på dig, gå hem, vila, äta en lätt måltid och rengöra din kropp inuti innan du klär dig för festen. Åh, och en annan sak, du kommer inte bara att raka ditt ansikte, utan även resten av din kropp Bara håret på toppen av ditt huvud, dina ögonbryn och dina ögonfransar är tillåtna.Förstår du vad som krävs av dig min slav eller måste jag upprepa mig?

"Jag förstår matte Lucy."

"Okej Peter. Stå upp nu."

Jag lydde och plötsligt var hon nära mig.

Jag kunde känna de fantastiska brösten på mitt bröst; Hans värme var charmig och hans gest var helt oväntad.

Han lade försiktigt en hand bakom mitt huvud och förde den till hans tills våra läppar möttes och sedan skiljdes åt när våra tungor duellerade och vi stod i varandras armar medan våra kroppar försökte bli en.

När hon gick därifrån, märkte hon min kuk på uppmärksamhet och log.

"Åh, Peter, bara en sak till. Lek aldrig med dig själv utan tillåtelse! Gör dig nu redo för festen."

KAPITEL III

Jag kollade på klockan igen för vad som verkade vara miljonte gången under den senaste timmen och kom till slut på att det nästan var dags att öppna påsen.

Allt hade gjorts enligt beställning av Lucy.

Det var bara en kort femmils bilresa från hans hus till mitt, vilket var förvånande eftersom vi aldrig hade träffats förut.

Det hade varit vårt första verkliga möte som hade gått mycket längre än jag hade förväntat mig och jag visste att jag var kär i henne och att hon skulle låta mig göra vad jag ville med henne.

Gud, jag var kåt , men jag satt där och försökte lyda hans order att inte leka med mig utan hans tillåtelse.

Normalt sett, efter morgonen jag nyss hade spenderat, skulle min högra hand spela med allt, men det skulle inte bli det nu.

Där var klockan äntligen fem på eftermiddagen och jag knöt upp dragsnöret överst på den svarta sammetsväskan som damen hade gett mig.

Mitt hjärtslag verkade fördubblas i väntan på vad jag skulle hitta och jag slöt ögonen när jag sträckte mig ner i väskan.

Jag kände kylan av metall och värmen från läder och gummi när min hand tog tag i allt i väskan och kastade den på sängen.

Där på sängen låg allt jag skulle ha på mig den kvällen, som bestod av en krage, en liten sele och en tub glidmedel med buttplug.

Tack gode gud att den var liten, tänkte jag när jag såg den.

Jag började genast klä mig genom att först ta halsbandet och bestämma mig för hur jag tyckte det skulle bäras.

Den liknade den jag hade tidigare under dagen, förutom att den bara var två tum hög och hade tre D-ringar fästa: en framtill och en på varje sida.

Den hade ett öppet hänglås kopplat och eftersom jag visste hur det fungerade satte jag på det direkt och spännde det så hårt jag kunde utan att strypa mig själv, och knöt och stängde sedan hänglåset medan jag tittade i en spegel så att jag inte skulle göra några misstag .

Sedan tittade jag på selen i olika positioner och kom till slut på det.

Jag skulle hålla både buttpluggen på plats, såväl som mina berövanden, eftersom den där jäkla lilla kukringen var där igen.

Jag stod framför den fulla spegeln i mitt rum och märkte att eftersom jag hade rakat hela mitt könshår var min kuk dubbelt så stor, även när den hängde där slappt.

Jag satte ett leende på läpparna och hoppades att min älskarinna också skulle bli glad när hon såg mig igen.

Selen liknade den kroppssele han hade burit tidigare under dagen.

Den skulle bäras i höfthöjd och hade två vikbara remmar på varje sida som kopplades till en metallring fram och bak.

Jag fäste de här remmarna ordentligt och gick sedan till den hårda delen och tryckte först mina bollar och sedan min kuk genom den där jäkla ringen som jag visste att Lucy hade placerat för liten.

När jag hade dem genom ringen tittade jag i spegeln igen och tänkte hur bra det såg ut.

Det borde bli festens hit.

Mina knän började skaka lite när jag tänkte på vad jag skulle göra härnäst eftersom det skulle vara första gången jag använder en buttplug.

Jag tog smörjmedlet och satte så mycket på änden att jag omedelbart gnuggade in den i mitt rumphål och dess första öppning.

Sedan la jag så mycket glidmedel på pluggen jag kunde och spred ut benen, satte mig på huk lite och satte sakta på rumpan.

Pluggen hade en platt bas som hindrade den från att suga mig helt och överflödigt smörjmedel sipprade runt den.

Det gick in lättare än jag hade trott och jag tog en näsduk och torkade bort överflödigt smörjmedel innan jag tog bort selebandet från cockringen mellan mina ben och knäckte den till den bakre ringen.

Selen hade en påse för buttpluggen, men eftersom jag hade märkt det för sent lämnade jag den bara lindad runt buttpluggen och hoppades att den skulle hålla den i rumpan med allt tätt.

Jag kollade tiden och insåg att det var dags att åka och det var då jag insåg att jag skulle köra nästan naken och jag sa till mig själv att inte bryta mot några trafikregler, annars skulle jag behöva förklara mig.

Jag hoppades att ingen skulle gå förbi mig eller stanna bredvid mig.

Mitt garage hade direkt ingång från mitt hus och med den automatiska garageportöppnaren kände jag mig bekväm med att mina grannar inte skulle märka något ovanligt.

Tack och lov för tonade rutor.

Jag la en handduk på förarsätet och min plånbok och körkort låg redan i handskfacket när jag sprang igenom checklistan i tankarna.

Jag önskar att det hade varit vinter och allt var mörkt, men det var en varm sommardag och mörkret skulle inte komma på 3 timmar än.

Jag gick sedan bort från huset efter att ha sett till att garaget hade stängt.

Vad fan håller jag på med, det har bara gått timmar sedan vårt första möte, tänkte jag medan jag körde sakta mot hans hus och tittade på trafiken och kände hur han kopplade upp sig inom mig.

Jag kollade kontinuerligt i backspegeln för polisen och alla andra som följde efter mig.

Det fanns ingen polis i sikte, men det verkade vara en liten svart sportbil som följde efter mig på avstånd, men det var jag inte helt säker på.

Åh, jag gjorde det!

Jag skrek inte på någon, men nästan, när jag körde in på uppfarten och körde till garaget.

När jag körde in i garaget insåg jag att jag var nästan fem minuter tidig och, utan att veta vad jag skulle göra, körde jag helt enkelt där jag skulle och stängde av motorn.

Jag satt där och tänkte och övertygade mig själv om att allt var okej.

Jag tog av mig klockan och placerade den på sätet bredvid mig.

Garageporten stängdes bakom mig och mitt hjärta började slå snabbare samtidigt som min kuk stelnade.

Sedan satt jag i värmen från mina händer på låren och väntade på vad som verkade vara en evighet.

Jag hörde dörren till huset öppnas och tittade på klockan på sätet och såg att det var fem minuter över timmen.

Det måste ha varit spänning eftersom jag vände mig om för att se en kvinna komma in genom dörren och på väg mot mig.

Hon var lika stor som en Amazonas, men hon var inte tjock, hon var bara stor, ungefär min längd, tyckte jag, väldigt tilltalande, hennes bruna hår bundet i en hög på toppen av hennes huvud som en felplacerad flummig hästsvans.

Och horan hade den största uppsättning tuttar jag någonsin sett.

Vänta lite tänkte jag.

Jag har sett henne förut.

Hon jobbar på spritaffären.

Jag såg henne närma sig dörren och öppnade den reflexmässigt för att hälsa på henne.

"Ta ut din jävla hand genom dörren och titta rakt fram. Du är en slav! Sätt dig ner och lyd." Hon beställde.

Jag tog genast bort handen från dörren och satt där och försökte granska vad som just hände.

Hon måste vara en älskarinna.

Hon måste lydas, tänkte jag.

Dörren öppnades helt och jag tittade åt vänster utan att röra på huvudet och fann mig själv titta på en vacker uppsättning lår.

Hennes orakade fitta var täckt med ett rött tyg som var en fjärdedel så stort som en ansiktsservett och hängde i ett tunt guldrep på hennes höfter.

Hon bar en läderkrage runt halsen som var mindre än en tum hög och sa Slave på den med guldbokstäver.

"Gillar du det du ser i rumpan? Jag sa åt dig att titta rakt fram."

"Ja, frun. Jag är ledsen, frun." Jag svarade.

Smäll...

Hon satte handbojor på mig vid sidan av mitt huvud med sin högra hand.

"Jag är ingen älskarinna, men du måste lyda mig tills jag fullgör mina plikter. Du kan hänvisa till mig som Cindy eller slav Cindy. Förstår du?" hon frågade.

"Ja, slav Cindy. Jag förstår din kärring!"

"Åh, slaven har blivit galen," skrattade han och tillade, "du kommer inte att skratta snart, pojke. Har du tjänat på en fest än?"

"Nej, det här är min första dag med Lucy." jag svarade

Smäll...den här gången landade hans hand på min mun.

"Det var ingenting jämfört med vad som komma skall. Du kommer bara att kallas fru Lucy om du inte är offentligt. Förstår du?"

"Ja, slav Cindy." Jag svarade och nickade med huvudet för att indikera det.

Han tog sedan tag i D-ringen på min nackes vänstra sida och visade sin styrka, drog snabbt och grovt ut mig ur bilen och höll ringen i midjehöjd när han stängde dörren.

Jag hade glömt pluggen i min rumpa, som började göra lite ont, och jag släppte ut ett stön för att indikera det, vilket bara fick Cindy att skaka på nacken som ett sätt att säga åt mig att sluta.

När jag gned mig mot henne kände jag hennes mjukhet, kände lukten av hennes doft och för en sekund tänkte jag hoppa på henne, men ett ryck i nacken släppte de tankarna från mitt sinne.

Det fanns en dörr på baksidan av garaget, som han öppnade och ledde mig igenom.

Vi gick in i något som såg ut som ett grovkök som hade gräsklippare och sådant på ena sidan och ett hemmagym på den andra.

Det fanns ett fönster som såg ut mot en mycket stor, vacker och privat trädgård, som jag snart skulle upptäcka, sträckte sig över hela baksidan av huset och fastigheten.

Det var extremt privat och såg ut över sjön från deras uteplats, som låg cirka trettio fot ovanför stranden.

Det skulle inte finnas en granne på avstånd som kunde höra något.

"Böj dig fram och lägg händerna på bänken," beordrade han och beordrade sedan igen, "sprid dina ben tre fot isär."

En kort bankkedja som hade en säkerhetskrok fästes på kragen som en påminnelse om att inte röra sig.

Cindy flyttade sedan mina ben längre isär och lossade baksidan av selen för att ge henne tillgång till buttpluggen.

"Jag har sett dig i spritbutiken i gallerian," sa jag till honom.

Smäll ... smäll ... smäll.

Cindy la sin hand hårt på min rumpa.

"Isse, våra privata liv är våra privata liv och bör aldrig diskuteras i något möte av dig med någon älskare eller i något möte i Pleasure of Pain-gruppen. Förstår du detta, Peter?"

"Ja, Cindy, jag förstår. Är det gruppen ikväll, Pleasure of Pain?"

"Det är så det heter, Smärtans nöje, och du ska aldrig notera det eller nämna det i ditt privatliv."

Plötsligt... "Aggggggggggg", stönade jag medan han drog ut buttpluggen utan förvarning.

"Ni nybörjare får det aldrig rätt", sa han medan han höll kepsen framför mitt ansikte. "Det är meningen att den ska gå i selepåsen först och sedan in i hennes anus. Så här."

"Agggggggg"...fan...hon rammade honom med flit tänkte jag.

Efter att ha fäst selen igen, så grovt som möjligt, släppte slaven Cindy kedjan från min krage och lyfte upp mig.

När han tittade på sin klocka sa han:

"Vi får ont om tid på grund av din dumhet. Ta två hantlar på tjugo pund och gör armhävningar tills jag säger åt dig att sluta."

"Eh", svarade jag, eftersom jag inte förstod det alls.

"Din dumma röv, ska jag göra allt för dig?"

Han gick sedan fram till ett ställ som fanns under fönstret och drog ut två tjugo pund vikter som om de vore fjädrar och gjorde några armhävningar för mig.

Jag kunde känna hur mitt ansikte blev rött av dumheten i mina kommentarer.

När han väl hade gett mig vikterna började jag genast göra de beställda armhävningarna, men jag undrade varför jag gjorde detta.

"Varför fan lyfter jag vikter? Jag trodde att jag var här för en fest?" sa jag till Cindy när hon gick bort från där jag stod.

Vilken vacker rumpa hon har.

Hon kanske är lite knubbig, men jag slår vad om att hon är fantastiskt knubbig, tänkte jag.

Han stannade och vände sig om för att titta på mig och sa:

"Är du dum eller vad? Din älskarinna vill presentera sin nya slav i kväll och hon förväntar sig att hennes slav ska ha en perfekt tonad kropp. Det är bäst att du gör en bra show ikväll, Peter annars kommer du inte att beviljas fullt medlemskap i gruppen ." . Förstått? Och sluta titta på mig! Jag är också matte Lucys slav."

Fan, ännu en undergiven tik, tänkte jag.

När jag fortsatte att arbeta på min kropp och försökte få liv i magen och magen, drog Cindy en stor blå presenning ur en garderob och placerade den i mitten av rummet, på golvet, precis framför ett garage dörr. till bakgården.

Han sysslade med att placera två flaskor framför presenningen, sedan ett ton rep på vardera sidan och sedan från andra sidan av rummet, han lyfte vad som såg ut som en stor träbit från golvet och placerade den på marken .

Baksidan av duken.

Jag kunde säga att det inte var lätt eftersom jag verkade kämpa lite med det först, men han bevisade hur stark han var genom att lätt ta upp den när han väl hade kontroll.

Gud, han lurar mig, tänkte jag.

En helt villig vacker kvinna med otrolig styrka.

Jag började sakta ner min träning både av bristande träning och av att fokusera på träet Cindy hade lagt på mattan.

Det var inte grovt, men det såg ut som att det hade slipats och avslutats med ett lack.

En stor bult i mitten av ena ytan var det enda som störde delens jämnhet, som såg ut att vara fyra tum gånger fyra tum och cirka sex fot lång.

När Cindy hade allt på plats gick hon fram till mig och såg mig kämpa med vikterna, som redan verkade väga ungefär tio gånger mer än när jag började träna.

Hon skrattade och drog en försiktig hand över mitt bröst och mage.

"Mmmm... okej grabben. Är du redo att sluta?"

"Åh snälla, ja, jag kan inte göra det här längre. Mina armar känns som att de är redo att falla av och mina biceps brinner", svarade jag.

"Ha ha ha... Ok, sluta! Lägg ner vikterna och ställ dig mitt på mattan, vänd mot dörren. NU!"

Jag la försiktigt ner vikterna och hoppade till mitten av mattan.

När jag stod där kunde jag se trädgårdarna eftersom dörren hade 2 små fönster.

Fan, jag kan till och med se Maine på andra sidan sjön.

Det såg ut som en varm, vacker dag ute, men det här rummet var luftkonditionerat och hindrade oss från att svettas.

"Brea ut armarna, slampa, och sprid benen! Håll den positionen och rör dig inte!"

"Måste du förolämpa mig, Cindy? Kan du inte bara kalla mig Peter?"

"Jag förbereder dig bara mentalt för att bli festpojken och jag uppskattar verkligen inte att någon försöker stjäla min älskarinna", svarade hon och sträckte sig efter en av flaskorna.

Åh, hon är avundsjuk!

Han kom runt bakom mig och började gnugga innehållet i flaskan på min rygg.

Herregud, det luktar som en piña colada, sa jag till mig själv medan de mjuka händerna fortsatte att gnugga min rygg.

Sedan hittade de mina skinkor och hon nypte dem med ett fniss.

Sedan fortsatte hon att sänka mina ben hela vägen ner.

"Om du undrar, slav, trodde vår älskarinna att du skulle göra ett stort intryck på de andra om du var helt oljad och det är vad jag tar på mig nu och det är en fin smak av sommar, eller hur tänk? Mmm... din hud är fin, mjuk och len. Det kommer de att gilla... mmmmm"

Sedan täckte han mina förlängda armar helt med olja upp till fingertopparna.

Efter att ha gnuggat den på sidorna av mitt bröst tömdes flaskan och hon tog den andra.

Den här gången gned hon försiktigt över mina nytonade bröstmuskler och jag kunde se blicken i hennes ögon och jag visste att hon ville ha mig.

Hon hoppade på min kuk och bollar, avslutade mina ben och knäböjde sedan ner och tog tag i min kuk hårt, klämde på den tills jag stönade.

Sedan såg jag hennes läppar på min lem när hon lätt sög på spetsen.

Det var bara den normala rörelsen av en kåt hane när jag lade en hand på hennes bakhuvud när min kuk blev hård och jag stoppade den i hennes mun.

Hennes reaktion var snabb när hon bet min lem och slog mina bollar med höger hand.

Allt jag minns var att jag skrek så högt jag kunde: Oh shit! några gånger och sedan hör telefonen ringa.

Medan jag förblev hukande på mina privata händer, svarade Cindy i telefonen.

"Ja, frun, jag är ledsen, frun. Han försökte ge mig oralsex medan jag oljade in honom. Ja, frun, jag säger ja, det gör vi. Ja, frun ." var vad jag hörde honom säga i telefonen.

"Tja, Peter, damerna är inte nöjda med allt oväsen du gjorde och som ett resultat kommer du att få sjuttiofem fransar istället för de sextio du förtjänade dagen innan. Och det bästa är att jag ger femton av de för ditt framträdande från och med nu, så skrik igen om du vill. När vi lämnar det här rummet för festen vill matte ha din jävla kuk lika hårt som en jävla stålstång och hon vill att du ska slåss när vi kommer närmare. Förstår du, slav?

"Ja, jag förstår", utbröt jag när jag tittade på min värkande kuk och bollar.

Kom igen.

Gå upp.

Bli tuffare.

Jag försökte få den upprätt, men jag hade inte mycket framgång.

Cindy knäböjde framför mig och körde sina mjuka, oljiga händer försiktigt över min kuk och bollar i vad som verkade vara en minut eller två.

Bara att titta på henne som smörjer in mig överallt och låter henne smeka min medlem bringade livet tillbaka dit.

Hon verkade lättad över det när hon hade oljat klart min kropp och lagt ner flaskan.

"Gå på knä, pojke! Snabbt, vi är nästan sena!"

När jag gjorde det gick hon bakom mig och på den där träbiten började binda repbitar på olika ställen, så att det hängde ungefär en fot rep från båda ändarna av varje rep på varje plats, varav jag räknade åtta som Jag tittade mig över axeln för att se vad som hände.

Sedan lyfte han veden, grymtande av vikten, och höjde den till nivån på min axel.

Det var ett ok! Han skulle behandlas som en köttbit.

"Luta huvudet lite slav och sträck ut dina armar mot mig. Det här kan verka tungt, så var beredd."

Jag gjorde det och fann genast vikten så obekväm och så instabil att pjäsen tippade och den vänstra änden kom att vila på golvet.

"Åh, för guds skull, Peter! Är du svag eller vad? Du är en jävla idiot, eller hur?"

Han knöt snabbt repet runt mina armar och började med repet närmast min bål på min högra sida tills alla fyra var täta runt min arm.

Jag försökte vrida min arm för att frigöra den, men den enda tillgängliga rörelsen var från min hand.

"Nu, var försiktig när du lägger huvudet bakåt, pojke, eftersom det finns en bult i träet omedelbart bakom ditt huvud. Sprid nu dina knän så att jag kan balansera detta!"

När jag lydde gick han till vänster sida och höll träet och armen under det, drog ut det och balanserade det på mina axlar.

Han band sedan repet och höll mina armar på plats i 4 olika liknande sektioner till höger sida.

Åh shit, det här gör ont, tänkte jag när jag kände hela tyngden av det, liksom buttpluggen, som hade kommit till liv igen och måste slita ut mitt inre.

Jag stönade och stönade lite, vilket verkade glädja Amazonas.

"Okej, låt oss se om jag kan hjälpa dig att ta dig upp på egen hand, istället för att använda hissen." Sa han när han började sätta mig upp och sedan följde jag hans ledning genom att lägga om mina knän och sedan ställa mig upp.

Jag struntade i smärtan både inuti och på mig och reste mig upp.

Haha , vem är den svaga nu, kärring?

Cindy tog upp oljeflaskan igen och tryckte sig sedan mot mig så att jag kunde känna hennes enorma bröst mot min kropp och snart letade min kuk efter vilken del av henne som helst.

"Kommer du att ta mig hem senare, Peter? Jag behöver att du tar mig så ska jag göra det värt det."

Menade hon det eller leker hon med mig?

Det spelade ingen roll eftersom det hade den önskade effekten att göra mig hård och upprätt till den grad att jag visste att det var den svåraste erektionen jag hade haft på hela dagen.

Sedan gjorde han en liten touch över hela min kropp för att se till att allt var på plats.

Efter att ha kummat på min kuk stönade Cindy åt vad hon såg.

Sedan lade han ifrån sig flaskan och gick för att leta efter repet.

Han hade två öglor med lindat rep, som han placerade på vardera sidan om mig.

Det var inte som det tjocka nylonrepet som höll mina armar på plats, utan mindre som ett klädstreck.

Två gånger, med all sin styrka, band han ena änden av varje lindat rep till en av mina tummar, och drog åt knutarna tills jag stönade varje gång han gjorde det.

Han lindade upp varje repsektion och höll dem som tyglar.

"Nu, när de kallar oss till festen, ska jag dra dig mot dem och jag vill att du ska kämpa för Damerna, men inte så hårt att du faller. Vi vill att du kämpar så att alla blir upphetsade. Förstår du Peter? Åh, shit, nästan jag glömmer det."

"Ja, Cindy, jag förstår. Jag är det vilda djuret i kopplet." Jag svarade när jag såg henne springa mot ett skåp där hon drog ut en bit kedja och, fan nej, stålmanschetter.

Hon drog ett elastiskt band som höll armbandsnyckeln över sin högra handled när hon sprang mot mig.

"Snabb Peter, få ihop fötterna!" Hon beställde och jag visste att showen skulle börja.

Han hukade sig ner och placerade sina manschetter på varje fotled och låste dem på plats.

Klicket som varje lås gjorde verkade högt som ett skrik.

När hon knäböjde framför mig stoppade hon min kuk i munnen och sög hårt i några sekunder som jag önskade skulle vara för evigt.

"Det var för att muntra upp dig mer", sa hon och rörde vid min kropp med oljan hon tog i munnen.

Precis när han reste sig öppnades garageporten och en ström av varm luft träffade våra kroppar.

Cindy justerade det röda tygstycket som försökte täcka hennes fitta utan större framgång och såg till att hennes halsband var rätt inriktat.

"Klar du, Peter?"

"Låt oss göra det din jäkla kärring!" Jag svarade.

Han stirrade på mig och tog sedan upp de två repen som var knutna till mina tummar, spände dem och drog mig ut och kämpade in i eftermiddagssolen.

KAPITEL IV

"Fan... sluta dra så jävla fort", viskade jag till Cindy.

Sedan lossnade mina oktyglar och jag märkte att Cindy hade stannat när hon svängde åt vänster mot Fiesta och tittade på de tre annalkande hanarna, var och en med en spole av rep eller läderremmar.

De var nakna, förutom ett litet lädertyg som täckte deras privata delar.

Alla tre var ungefär i min storlek och ålder och var och en bar också ett halsband som var identiskt med det jag bar.

"Vi ska få ut honom härifrån, slav Cindy. Du måste rapportera till slaven Ken omedelbart," sa en av dem.

"Nej, han är inte redo för det här än. Peter, jag visste inte! Spring! Gå härifrån! Nu!" Cindy bad mig.

Jag började vända mig för att gå, men två av de manliga slavarna hade redan kommit ikapp mig och tagit tag i repet som fästs vid mina tummar.

Fast med kedjan fast på fötterna skulle jag inte ha lyckats gå fem steg ändå.

På avstånd lade jag märke till en grupp kvinnor som noggrant observerade situationen jag var i och längst fram i gruppen stod matte Lucy.

Sedan insåg jag att Cindy gick, nej, sprang iväg med huvudet nedåt och jag tror att hon grät.

Vad har jag gett mig in på?

Vilken idiot jag är.

Sedan tog min situation och de som hade mig mig tillbaka till verkligheten.

"Hälsningar, slav Peter, jag är slav James och dessa två herrar är slavarna Bob och Frank. Snälla ge oss inga problem, Peter, och då kommer det inte att vara några problem för dig."

"Varför knullar du inte? Lämna mig ifred! Inget av detta diskuterades med Mrs Lucy, så jag är härifrån," skrek jag åt den som heter James.

"Håll honom hårt," sa James till de andra utan att ens titta på mig.

Hon tog sedan tag i skaftet på min penis som var allt annat än upprätt, drog det hårt och lät en knut av ett litet rep som spändes precis bakom huvudet.

Sedan drog han i repet så hårt att jag släppte ut ett långt, högt skrik.

"Det gör ont, jäveln, ta av det, ta av det!" Jag skrek och kämpade med all min kraft.

När jag gjorde det tittade jag över gräsmattan och lade märke till kvinnorna som tittade på när de drack ett glas vin.

Det verkade som om andra nakna slavar var där, förmodligen som tjänare, och de tittade också på allt.

"För din kännedom var det Mrs. Lucy som beordrade denna situation. Du ska känna dig stolt, eftersom detta aldrig hände den första dagen och om du överträffar henne kommer hon att bli medlem i Group Elite med alla rättigheter. Nu, du kommer att underhålla och ni kommer att glädja andra genom att slåss. Betrakta oss bara som era broderslavar som är här för att helt enkelt hjälpa er ikväll, ha ha. Och vi är verkligen ledsna för det som är på väg att hända. Ok, killar, ta bort repet från er tummen och sätt remmarna på kragen. Jag måste ta nybörjaren och om han inte vill tappa änden av sin kuk, kommer han att bete sig."

Herregud vad har jag gjort?

Vad ska du göra med mig?

Jag tittade på var och en av mina fångare i hopp om att det skulle få dem att känna sig som skit, men allt jag gjorde var att göra dem arga och de drog i remmarna var och en av dem hade på mig.

De tre tittade på varandra, nickade och vände sig mot damerna, föll ner på ett knä, med huvudena nedåt, var och en höll sitt koppel i luften med sin högra hand.

Jag tittade på mina tre fångare och undrade vad fan som pågick.

James var framför mig och höll i kragremmen och Bob var på min vänstra sida med Frank på min högra sida, var och en höll i kragremmarna.

Ungefär hundra fot i rak linje, under en stor markis för att skydda dem från den heta solen, hade damerna satt upp en rad stolar med två av dem i fronten upptagna av fru Lucy och en annan afroamerikansk kvinna.

Alla damerna bar en liknande enkel liten svart klänning med guldtillbehör och svarta stövlar.

Kvinnan bredvid Lucy reste sig, vände sig om och pekade på en knästående slav och vinkade henne att komma närmare.

En lång, brunbränd och oljad slavinna med långt rakt svart hår reste sig och ställde sig med böjt huvud framför matte Lucy och den svarta damen.

Var och en av de två damerna gav honom ett föremål som han höll i varje hand och vände sig sedan om och gick mot oss.

Åh gud, hon är vacker också, tänkte jag, och när jag jämförde henne med Cindy, märkte jag att hon var lika lång, men i mycket bättre kondition, vilket allt accentuerades av hennes solbrända, oljade hud.

Sedan kände jag igen henne.

Hon var juridisk rådgivare för den lokala indianstammen First Nation och var själv indian.

När jag såg mig omkring insåg jag att bara den här kvinnan, några knästående slavar och jag var smorda.

Ingen av mina tillfångare var det.

"Oh shit, jävla kompis. Det är Angela. Hon kommer att skära av dig om du gör henne svårt," sa Bob.

"Jag är ledsen, Peter, men det är bättre att det är du än vi", sa James och Frank instämde också.

Jag tittade på kvinnan som närmade sig oss med en känsla av självförtroende och ett leende på läpparna.

Hon bar också en bit rött tyg, som försökte dölja hennes gren men inte täckte någonting, och en guldkedja som höll den runt hennes höfter och inget annat, inga skor eller örhängen, och hon bar också mycket smink som Cindy.

Jag märkte att han i sin högra hand höll en brun piska och i sin vänstra hand var något jag inte kunde se.

När hon närmade sig började jag backa och började sedan kämpa med de fästa remmarna, vilket fick mina tre fångare att resa sig och hålla mig på plats genom att dra mig tillbaka.

"Släpp loss de jäkla repen, era jäklar. Släpp mig! Släpp mig härifrån! För guds skull, killar, ni ska släppa ut mig nu."

Jag skrek detta så högt jag kunde och insåg att Angela nu sprang mot oss, svart hår dansade bakom henne och nästan redan ikapp oss.

Den varma solen verkade blända hans oljade hud, vilket var en dum sak att tänka på istället för att försöka hitta en flykt från min knipa.

"Öppna din stora mun, pojke", sa hon med en djup, stark röst när hon tog tag i min vänstra arm, "vi vill inte att grannarna ska höra det nu, eller hur?"

"Fan din svarta hora, jag vill härifrån nu!"

Jag insåg direkt att jag inte borde ha sagt något, speciellt på grund av de nedsättande namnen om hennes afrikanska ursprung, men hon log bara åt mina kommentarer.

"Fortsätt så är du död, ditt jävla kött", viskade han i mitt vänstra öra. "Öppna nu din jäkla mun, pojke," skrek han medan han nickade mot James.

Smärtan av ett hårt drag i tuppremmen samt Angela som drog mitt huvud bakåt i håret så att mitt huvud träffade bulten i träet fick mig att skrika med öppen mun.

Det var då hon stack in en stor bit vävt läder i min mun, som hon genast vek bakom mitt huvud till en så grov knut som möjligt.

"Hur är den här horan?" skällde hon.

Så gott jag kunde svarade jag genom gaggen och sa:

"Fy fan, din äckliga kärring! Ta bort den där saken! Jag vill vara härifrån," och även om mitt svar lät som... Hmphhh... hmphhh... hmphhh, så var meningen med det urskiljbar för henne ... när hans öppna hand knöt till en näve när han försökte kontrollera situationen.

"James, ge mig bältesremmen och ta sedan dina två små vänner och deras remmar och dra iväg här, matte Lucy och matte Samantha har ändrat uppfattning om underhållning, för att vara rättvis mot Peter diskuterades detta aldrig." med honom." Angela beordrade.

"Men jag..." stammade han och tänkte bättre på det.

Han nickade till sina två assistenter och de började båda gå mot resten av gruppen.

Angela vände sig mot gruppen av damer och höjde sin vänstra arm med öppen hand för att indikera 5 minuter.

Han vände sig sedan mot mig och tog tag i D-ringen längst fram på min hals, som han drog och drog mig tillbaka till grovköket som jag hade lämnat för några minuter sedan med Cindy.

Hon lade mig tillbaka på mattan och gick till en garderob för att hämta en annan flaska kroppsolja, som hon tog tillbaka och ställde sig framför mig.

"Nu Peter, vi har bara några minuter kvar, så låt mig komma ikapp dig. Din älskarinna har ökat så att säga och erbjudit dig som sin biljett att snabbt flytta till en elitstatus i smärtans nöje. Har du hört av det? Tja, vem bryr sig om vad du tycker? Har du gått med på att vara hennes slav, Peter? Har du gått med på att delta i festen som hennes slav? Ange det genom att nicka med huvudet om det är sant!"

Jag nickade ja.

"Tja, det löser det. Jag var orolig att din rädsla kunde ha varit verklig, men du har skrivit på ett kontrakt med Lucy, och just nu kan jag inte göra något åt det. Men du kommer att betala för dina utbrott, och jag ska få dig att uppfylla ditt kontrakt med din älskarinna Vet du vem jag är?

Jag nickade igen, så hon knöt upp repet från huvudet på min penis.

"Där, jag kommer inte behöva den remmen. Jag antar att de där tre svaglingarna tänkte som skulle imponera; det måste vara en mangrej. Känns det bättre, Peter? Tycker du om att bära hela vikten av oket på dina axlar? var min idé, när de berättade för mig om dina fysiska egenskaper. Jag hoppas att det sårar dig mycket, för kommentarerna du gjorde om mig sårade mig och kommer att returneras till dig."

Han verkade springa och ställa frågor till mig, men förväntade sig aldrig ett svar eftersom han fick munkavle eller skakade på huvudet, så jag tänkte att det var bäst att fortsätta så och inte göra någonting.

När hon pratade lossade hon selen hon hade på sig och drog sakta ut proppen ur min rumpa, men hon visade ingen oro när hon tog bort mina bollar och kuk från ringen, vilket fick mig att skrika och bita ner på munnen.

När pluggen väl var ur kastade hon allt på mattan.

Hennes mjuka händer gick över min rumpa, bollar och försiktigt över min kuk, som var mer än lös än remmen som hade fästs vid den.

"Känns det här bättre Peter?" hon frågade.

Jag nickade åt den bekräftande känslan när mina muskler slappnade av när pluggen togs bort.

Hon skrattade mjukt och sa:

"Tja, det är bra, så det är bäst att du njuter av det medan du kan för jag har något lite mer olyckligt planerat för showen. Och på tal om det, det är bäst att vi sätter igång eller så är vi båda på Nu, Peter, bara för att sluta. " Så vitt du vet är piskan jag har gjord av björk, vilket ger mycket ljud, men lite skada, men piskorna som andra kommer att använda på dig är huvudsakligen gjorda av oljat kalvskinn och orsakar avsevärd smärta, så var försiktig Men de två typerna kommer inte att lämna permanenta märken på din kropp. Du kommer att lyda mig resten av natten, eftersom det kommer att bli lättare för dig och du kommer inte att glömma kontraktet du gjorde med din älskarinna. Det första jag kommer att göra presenterar dig för damerna, varav de flesta innehar höga offentliga eller professionella positioner och för tillfället vill hålla sin identitet och sitt deltagande hemlig. I spetsen för denna show står Lady Samantha, som sitter bredvid Lady Lucy och måste lydas till 100%. Det finns inget utrymme för fel med henne, bara gör som Peter säger. Förstår du Peter? "

Jag nickade igen, och medan jag gjorde det såg jag Angela röra oljan mot hennes kropp och när den väl var på hennes solbrända hud verkade den lysa upp rummet.

Min svaga medlem började komma tillbaka till liv när det återspeglade njutningen jag såg i mina ögon av den vackra kvinnan framför mig.

Sedan kom han fram till mig och började gnugga olja över hela mitt bröst, bröstvårtor och mage.

Hon tog sedan tag i min lem och började smeka den tills hon kände att erektionen skulle pågå ett tag.

"Det är synd att jag inte hittade dig innan Lucy gjorde det eller att jag inte är den som söker medlemskap idag, eftersom alla kvinnor som går in i Pleasure of Pain måste gå in som slavar till en älskarinna tills de hittar en manlig slav." och feminint för att jag skulle tjäna dem. Skulle du ha velat ha varit min slav, Peter?

Osäker på svaret han letade efter, jag nickade och sedan slog hans högra hand min vänstra kind 3 gånger hårdare än den andra.

Sedan ställde hon sig snabbt bakom mig och tvingade mig att möta den öppna dörren.

"Förbannat svin! Visar du inte lojalitet mot din älskarinna eller försöker du bara blidka mig? Vilken idiot du är, Peter! Nu är vi redo att fortsätta och du kommer att följa mina muntliga order utan att behöva använda koppel och göra försök inte att förutse vad som kommer att hända eller vilken riktning du ska gå i. Om du inte lyder eller inte ger upp en bra show kommer jag att använda handtaget på min piska och jag tror verkligen inte att du vill att jag ska göra det. gör det, för om jag gör det kommer det att lämna ett permanent märke. Klar pojke! Varsågod!"

Precis när hon frågade mig om jag var redo gav piskan mig ett smack på min rumpa som gjorde det utlovade höga ljudet men ett förvånansvärt behagligt stick som måste ha tillfredsställt min kuk eftersom den reste sig ännu hårdare än den var tidigare..

Sedan, när vi var utanför byggnaden, landade ytterligare tre fransar kraftigt på min rygg som gjorde ont, vilket fick mig att skrika in i min munkavle och fick mig att backa, men inte vända mig.

Denna åtgärd gav bara ett nytt slag mot min skinkor och sedan beordrade han mig att svänga vänster.

När jag väl hade gjort det sa hon åt mig att springa, vilket var omöjligt eftersom jag var kedjad, men Angela verkade inte bry sig om det och fortsatte att slå min rygg, rumpa och lår medan jag fortsatte att kämpa och skrika in i min mun.

"Gå direkt mot matte Lucy," beordrade han.

Jag tittade upp mellan slagen och samtidigt tittade jag på golvet på jakt efter skavanker i det, eftersom jag inte ville halka, och när jag såg min älskarinna gick jag mot henne.

Han pratade med en svart älskarinna bredvid honom, till vänster om honom, som jag antog var matte Samantha och som verkade hålla med om godkännandet av Lucys utvalda slav, mig.

När jag kom närmare märkte jag en träkonstruktion till höger om mig.

En galge?

Åh shit.

"Stå upp, slav," beordrade Angela när hon var 5 steg ifrån min älskarinna Lucy.

Sedan flyttade hon till min sida och gav ett hårt slag mot min fortfarande upprättstående kuk.

"På knä när du är framför din älskarinna!"

Jag föll på knä och fick genast ytterligare tre tunga fransar på ryggen som gjorde ont, men som gav mig mer nöje än tidigare, men jag kunde inte förstå eller se min upprättstående penis.

Jag hörde en order, som jag tror var från Angela att sänka mitt huvud tills det rörde vid marken och hålla det där.

När jag gjorde det fick tyngden av träbiten på ryggen mig att skrika och få ett nytt slag.

Sedan blev allt tyst under en period på cirka tio sekunder som verkade vara en evighet och en röst som jag antog var matte Samantha på grund av hennes närhet och auktoritativa röst, började tala.

"Damer, välkomna till detta speciella möte för Pain Pleasure Group. Vi är här för att officiellt erkänna Lucy som vår nya elitmedlem och vi gratulerar henne till hennes val av slav, vilket jag är säker på kommer att glädja henne mycket. Ni ser alla fantastiska ut , "Damer, oljad så här och redo för våra piskor? Lucy, det finns en enastående fråga om slavdisciplin som jag vet att du nu kommer att lösa. Vad har du valt?"

"Tack, älskarinna Samantha, för alla dina vänliga ord. Jag kommer att visa alla att som en sann dominant och professionell är jag och kommer att vara en ledare för alla män, som alla är underlägsna oss. Slave Peter! Han valde sin första straffet som avbryts vid ditt första deltagande. Du kommer att presenteras för varje närvarande älskarinna och deras piskor, som börjar med älskarinnan Samantha och slutar med mig själv, vilket kommer att innebära totalt elva lektioner. Detta kommer att följas av finalen, som kommer att bara jag kommer att kalla The Final Torment, eftersom det är något nytt som jag och Angela har skapat. Alla slavar, förutom slaven Cindy, kommer omedelbart att gå till väntrummet i källaren eftersom de inte får se det första straffet av nye slaven Peter."

När dominatrixen slutade hörde jag ett sorl av tillfredsställelse och applåder, som skilde sig från de första ljuden, som måste ha kommit från slavarna bakom var och en av deras älskarinnor.

Ingen har någonsin haft så många lektioner, viskades det av en slav.

Älskarinnan sa:

"Bra gjort Lucy, vilken fantastisk kropp din pojke har."

Jag blev inte tillfrågad och antog inte heller att bli tillfrågad om jag gick med på den planerade underhållningen eftersom jag ville vara deras slav mer än något annat.

" Kom igen Peter, det är dags att du gör dig redo att hälsa på alla älskarinnor!" Angela beordrade.

Jag försökte höja mitt huvud, men tyngden av oket på mina axlar och min utmattning tillät mig inte att göra det. Angela bad slaven Cindy att komma över för att hjälpa, och de två tog ena änden av oket och lyfte upp mig med lätthet.

När jag reste mig såg jag mig omkring och lade märke till slavarna som gick och älskarinnorna i små grupper underhöll sig med vin och hors d'oeuvres och jag tänkte hur mycket jag behövde en drink.

Jag tittade på Cindy och log genom min munkavle och försökte antyda att jag inte var arg på henne för det överraskande händelseförloppet.

Han tittade mig i ögonen och klämde sedan försiktigt min arm.

Angela släpade mig i en D-ring på min hals tills jag var direkt under galgens utsträckta arm.

När jag stod där tittade jag upp och lade märke till en kabel med en säkerhetskrok fäst, sedan hörde jag en motor och såg kroken komma ner för att sluta precis under mitt huvud.

Vad sa damen?

Avstängning och deltagande och något annat?

Jag måste vara mer uppmärksam.

"Cindy, knyt upp repen på hans handled och underarm på den änden av oket så gör jag det i den andra änden. Vi måste sätta upphängningsmanschetter på pojken och sedan upphängningsstången framför honom. När det är gjort, jag ska göra det." "Vi ska lossa och lägga undan träoket. Frun Lucy vill inte slösa mer tid." sa Angela.

Sedan satte de tjocka lädermanschetter på mina handleder och jag visste vad de var till för, eftersom jag hade kollat fetischannonserna på internet.

Väl igång lyfte Angela en tung stålstång, cirka sex fot lång, framför mig.

Den hade kedjor med karbinhakar i varje ände, en tung ring i mitten.

Cindy knäppte snabbt av krokarna på varje kedja längst upp på manschetterna som höll mina handleder och när den andra var i rörelse sänkte Angela långsamt stången tills jag höll den själv.

Den extra vikten på min kropp och armar fick mig att stöna högt in i min munkavle och jag märkte att Lucy tittade på mig och gruppen jag var med började le och skratta.

Angela och Cindy rörde sig snabbt för att ta bort oket vilket fick mig att må mycket bättre och även efter att de lyft stången över mitt huvud och satt ringen på karbinhaken kände jag hur trycket togs från min kropp.

Angela gick fram till mig och viskade så att ingen, inte ens Cindy, kunde höra:

"Slav, jag ska nu ta bort din munkavle och ge dig vatten innan introduktioner görs. Om du inte beter dig innan natten är det över, ärligt talat, och jag skär av båda dina bröstvårtor. Förstått?"

Jag nickade entusiastiskt och sa ja, medan jag vände mig mot henne som ville dricka och behålla mina bröstvårtor.

Jag märkte att stången som mina armar hängde i svängdes med mig när jag gjorde detta och tittade upp förstod jag varför karbinhaken hade en svängbar inbyggd så att den kunde svänga åt alla håll.

Cindy tog sedan bort munnen från min mun och, medan hon stod bakom mig, tryckte hon försiktigt sina bröst mot min rygg, vilket fick ett stön av njutning att fly mina läppar.

Tack gode gud, Angela hade inte hört eller sett något av det, sa jag till mig själv.

Angela förde sedan en flaska vatten till mina läppar, varav jag försökte svälja det hela, men fick bara några klunkar.

"Förlåt, Peter," sa Angela, "men jag kan bara ge dig några klunkar annars kan du få kramp eller till och med bli sjuk. Åh, Cindy, bra, du har spridarbygeln för hennes fötter. Låt oss ta det. går snabbt, Peter. Kom ihåg vad jag sa om att skrika."

Först öppnade Cindy låset på mina fötter med nyckeln som hon hade förvarat i ett armband, och sedan tog de två tjejerna snabbt tag i stången, som måste vara cirka tre fot lång, och fäste en läderrem i varje fotled.

När detta hände visste jag varför Angela hade gett mig en påminnelse om att skrika, eftersom jag inte bara hade flyttat mig bort från baren, utan jag hängde nu upphängd från golvet i en utbredd örnställning som dinglade från mina handleder.

Allt jag kunde göra var att bita ihop tänderna och stöna så mjukt som möjligt.

Angela testade sedan min situation genom att röra sig långsamt från sida till sida och sedan vrida mig en gång för att säkerställa att vridningen fungerade.

När han stod inför mig framför älskarinnorna sa han:

"Slav, du kommer att knäböja innan du hälsar varje älskarinna och ha ditt huvud böjt, ögonen sänkta. Du kommer att hälsa på henne när hon är framför dig och du kommer att göra det "Hälsningar, älskarinna, jag är matte Lucys slav Peter." kommer att beordra oss att få dig att stå på båda fötterna eller i full avstängning och sedan kommer hon formellt att ge dig sin piska och annat. Alla älskarinnor har tillstånd att göra det. De kommer att piska dig så många gånger de vill, från axlarna till tårna fötter, men för din penis ska du bara använda en piska Kom ihåg att inte gråta Peter annars blir de hårdare för dig Förstår du Peter?

"Ja, Angela, jag förstår", sa jag, men jag var rädd att fråga henne vad "och andra saker" betydde.

"Slav, jag vill att du ska göra något för mig. Anta att du precis blev påkörd, sväng åt vänster ett halvt varv. NU!"

Jag var tvungen att prova några gånger tills jag fick rätt då jag gick för långt första gången och sedan inte tillräckligt långt de närmaste gångerna eller vände helt.

Sedan satte de mig på tårna och fick upprepa processen tills jag fick rätt.

Medan jag blev instruerad i denna spinnteknik hade Cindy placerat ett bord framför mig och på det stod flagellatorer av olika typer och färger och ett stort akvarium i glas fyllt med trätång.

Angela nickade sedan till Cindy att komma till min sida och sedan gick Angela till älskarinnorna.

Fan, hon är så vacker och det är Cindy och alla älskarinnor också, tänkte jag när Cindy började smeka min kuk igen för att hålla det hårt antar jag.

"Var modig Peter så är det snart över. Jag älskar dig Peter," viskade hon.

KAPITEL V

En rysning rann genom min kropp när jag stod där och väntade på mitt öde, hållen på plats av Cindy medan hon försiktigt smekte min manlighet.

Jag minns att jag såg ut över sjön och segelbåtarna på väg hem på en allt lugnare vattenbädd.

Kvällens första tankar började fästa sig och jag visste att det skulle bli mörkt om mindre än en timme och jag undrade vart tiden tagit vägen.

"Gör dig redo. De kommer," beordrade Angela Cindy när jag gick tillbaka till verkligheten.

Jag hade inte märkt Angelas återkomst och när jag vände mig mot henne slog hon mig hårt på skinkorna och släppte ut ett fniss.

"Jag kan knappt vänta på att se om du kommer att klara det inom den kommande timmen, eftersom det är bäst att du får alla damer varma och blöta under ditt framträdande. Nu Cindy, lägg den här slampan på knä innan de är här. Och Peter, kom ihåg vad jag har sagt till dig".

Min utbredda örnkropp ställdes upp på mina knän med Cindys hjälp eftersom jag inte var säker på hur jag bäst skulle komma i position.

På knä höll jag huvudet nere, som Angela beordrade, men jag visste från den perifera syn jag hade och från deras röster att de nu var framför oss.

"Ladies of Pleasure of Pain, jag erbjuder min slav, slav Peter, för er övervägande. Var snäll och använd honom väl. Efter att ha genomfört min värdelösa mans test kommer det att finnas en speciell show för er som Angela så vänligt har förberett." "Lady Samantha , vänligen börja ceremonin."

Alla var tysta framför mig och jag kunde höra matte Samantha när hon närmade sig och till och med när hon tog bort tången från skålen.

En av damerna sa sedan mjukt till en annan person:

"Ah, sticket, hon ska testa det."

Bekräftande sorl under hela mötet.

När hon var framför mig berättade jag för henne vad Angela hade sagt till mig:

"Hälsningar, älskarinna, jag är frun Lucys slav Peter."

"Höj ditt huvud och titta på mig, slav," beordrade han.

När han sakta höjde huvudet märkte jag att han i sin vänstra hand höll två klädnypor och i sin högra höll han en mörkröd läderpiska.

Piskan såg ut som en kort, flätad piska, men i slutet hade den ytterligare nio svansar gjorda av läder nästan lika stora som ett rep, var och en knuten i änden.

"Vad fan", tänkte jag.

Så naiv som jag är visste jag att piskan han höll inte var den piska Angela hade beskrivit.

Jag tittade på Angela och hon log på ett knappt oskyldigt sätt och ryckte på axlarna.

"Den tiken kommer att få vad hon letar efter en dag."

Jag visste att det skulle göra mer ont än jag tidigare hade förklarat, men jag skulle ta det hur som helst för att visa Angela att jag kunde uthärda det.

Mistress Samantha hade sett denna interaktion och brast ut i skratt.

"Damer, det verkar som om denna slav inte fick veta allt om kvällens show, men han gick med på att vara här och det här kommer att vara en bra läxa för honom. Låt oss vänta på en förvirrad slav!"

" Peter, slav, håller du med om att du är underordnad alla kvinnor, att alla kvinnor är överlägsna män, att du kommer att tjäna och lyda alla kvinnor oavsett var du är, och att du kommer att lära dig att stödja Pleasure movement of Pain ?"

"Ja, fru Samantha, jag håller med", svarade jag.

"Vet du vem jag är, slav, och vad jag gör?"

"Ja, frun. Ni har en egen advokatbyrå i Maine som jag har använt, men jag har bara handlat med er personal."

"Vårt deltagande i denna grupp måste vara konfidentiellt. Förstår du Peter och vi kan räkna med att hålla det hemligt?"

"Jag förstår att damen och jag alltid kommer att hålla allt konfidentiellt."

"Har du smakat den söta nektaren från en svart gudinna, slav, och vill du göra det?" hon frågade.

"Ja, fru Samantha, det gör jag."

Så fort jag nämnde de orden gick handen som höll piskan till bakhuvudet på mitt huvud och tryckte den mot hennes väntande fitta som hade exponerats av hennes andra hand när hon lyfte sin klänning.

Min tunga sökte genast upp hennes klitoris, som var varm, och simmade i sexjuice, och när jag slickade den kände jag hur den stelnade och växte.

Utan att fråga om lov vände jag lite på huvudet, öppnade munnen som omgav hennes kön och började absorbera det hela i en ökande takt.

I några sekunder slog hon in sin fitta i mitt ansikte och knuffade mig sedan grovt.

"Ah, kärring," skrek han och slog min piska i ansiktet. "Lucy, du har gjort det väldigt bra... inte bara är den här slampans kropp gjord för att tjäna oss, utan jag tror att hennes sinne är redo att tjäna oss också."

Mistress Samantha steg tillbaka och när hon tittade på sin slav sa Angela "Klar" och räckte sedan de två klädnypor till Cindy.

Jag lyftes helt från marken, helt upphängd i denna vilda utbredda örnhållning, vänd mot huvudet av denna smärtglädjegrupp.

Jag märkte att Cindy tittade något eftertänksamt på klädnypor och fortsatte sedan med att sätta en på min vänstra bröstvårta och en annan på min äggsäck, vilket fick ett tyst stön att lämna mina läppar.

Medan detta hände tittade jag på Samantha, som såg otroligt vild ut för mig, och jag kände hur min kuk blev hård.

"Titta mina damer! Horan visar mig redan ordentligt."

Direkt efter att ha sagt detta slog han mig hårt på mitt högra lår och sedan igen på mitt vänstra, vilket fick mig att kämpa i mina begränsningar, men inte göra ett ljud mellan mina sammanbitna tänder.

"Angela, vänd dig om snälla," beordrade Samantha.

Angela väste sedan i mitt öra tillräckligt högt för att alla skulle höra.

"Vänd dig om, din jävla kärring, och var snabb."

Med all min styrka vände jag mig snabbt om så försiktigt som möjligt och hela tiden tänkte jag på Angela och sa till mig själv:

"Jag ska ha den där horan för mig själv."

Visst kan hon vara lite trevligare under andra omständigheter.

När jag slutfört svängen tittade jag in i Angelas ögon och försökte döda henne utan större framgång.

Sedan gav Samantha mig två hårda fransar på ryggen med sin piska och då visste jag varför de kallade den stinger.

Det var som om jag för varje slag kunde känna piskans nio svansar komma in i min kropp, men ändå fanns det en stickande känsla som nästan verkade kräva mer.

När min inre kamp lugnade ner hörde jag Samantha säga: "Klara, Angela?" och så hörde jag en tystnad från skaran av damer som samlats i närheten.

Jag tittade ner och såg när Angela lutade sig mot mig och tog min upprättstående kuk in i hennes mun, arbetade med den tills hon hade den precis som hon ville ha den och höjde sedan sin högra hand.

I det ögonblicket exploderade min värld med en serie hårda smällar mot mina rumpa kinder och Angelas tänder som klämde min kuk så hårt att jag trodde att hon skulle skära av den.

Jag skrek inte, men mina stönanden genom sammanbitna tänder lät som om jag tuggade smuts.

När jag kämpade i denna position av total träldom, fortsatte Angela att bita min penis tills matte Samantha talade:

"Angela, sluta redan. Du kommer att bli straffad senare för det här utbrottet. Vad fan tänkte du på kvinna?"

Jag reste mig sedan upp och vände mig med Cindys hjälp mot gruppen och gick återigen ner på knä.

Medan hon sänkte huvudet talade min älskarinna till gruppen:

"Nästa kommer att vara vår gäst utanför distriktet, fru Victoria, som hjälpte till att etablera vår lokala grupp. Fru Victoria, tack."

"Hälsningar, matte, jag är matte Lucys slav", sa jag när hon stod framför mig.

"Lyft ditt huvud, pojke! Vet du vem jag är?"

När jag höjde huvudet lade jag märke till de två klädnypor igen, men den här gången höll hennes högra hand en liten piska och mitt hjärta sjönk, men det tog inte min manlighet, eftersom jag förblev hård på något sätt.

Jag såg upp i ögonen på en mogen kvinna som fortfarande var extremt vacker och hade en mycket yngre kropp.

"Du är fru Victoria. Jag har mejlväxlat med dig när jag gick med i din rollspelsgrupp, men jag var aldrig bra på det och gav upp. Jag är ledsen, frun."

Ärligt talat, jag hoppades att jag inte hade gjort henne upprörd när jag sänkte huvudet.

"Lyft och vänd," beordrade Angela mig.

Först överlämnade han de två klädnypor till Cindy, som igen efter att ha tittat på dem höjde på ögonbrynen och sedan fortsatte att sätta båda på min penis: På huden på vardera sidan av kulorna vid basen.

Sedan kom fem hårda fransar på min rygg och botten medan jag stönade och kämpade i mina fasthållningar.

"Utmärkt, utmärkt", förklarade fru Victoria innan jag återgick till min knästående.

Och så var det, med olika straff från alla dessa mäktiga kvinnor, var och en av dem kallades av min älskarinna.

Från Nellie, en gymnasielärare, till Flora, en skådespelerska, till Jane, en läkare, till Jemina, en historielärare, till Rosie, en artist i en talangshow, till Laura , ägare till tv-stationen som bjöd in mig till hennes ö..

Det fanns två undantag som jag kommer att påpeka mer i detalj, Clara, en ankare på en kabelnyhetskanal, och Celine, vädertjejen på samma kanal.

När fru Clara kallades fram, närmade hon sig, slog en stor svart piska som hängde från hennes lår, och stannade precis framför mig och rörde nästan vid mitt böjda huvud.

"Hälsningar älskarinna, jag är matte Lucys slav Peter," stammade jag något skakigt och rädd när jag fortsatte att knäcka piskan på hennes ben i vetskap om att hon kunde se sin leksak.

"Höj på huvudet, sir. Vet du vem jag är?"

Mannen sas på ett nedsättande sätt så att alla kunde höra det .

När jag höjde mitt huvud och tittade på henne för första gången i verkligheten insåg jag att hon var ännu vackrare än på tv.

Han hade en välslipad kropp att dö för och hans hår var för närvarande axellångt mörkblont och vad han hade läst överträffade hans hjärna de flesta män.

"Ja, fru Clara, du är en referens i Kabeln."

När jag sa detta märkte jag att hon inte var uppmärksam på något jag sa, utan istället tittade på Angela.

Jag vände huvudet åt Angelas riktning och märkte att hon tittade på Clara och log och slickade sina läppar.

"Den där tjejen är också en joker, kåt och in i allt", tänkte jag på Angela och skrattade sakta högt.

Tyvärr trodde fru Clara att jag skrattade åt henne och slog mig.

"Mrs Lucy! Den här grisen din vågar skratta åt mig. Vad ska du göra åt det?"

"Jag ber om ursäkt Clara. Angela, ta pincetten och lägg den på jäveln. Nu!" Hon beställde.

När Angela gick till bordet för att hämta klämmorna frågade hon Lucy hur täta hon ville att de skulle vara och Lucys svar var:

"När du inte kan dra åt dem mer kommer de att vara perfekta."

"Mrs Clara, jag hoppas att detta möter ditt godkännande," frågade Lucy.

"Lyft upp den på tå!" sa Clara när hon gav pincetten till Cindy.

Angela beordrade sedan Cindy att ta bort alla klädnypor från mina bröstvårtor och sätta dem på min kuk när jag kom upp i position.

Cindy såg mig inte i ögonen när de fyra klädnypor togs bort och överfördes till min kuk och sedan placerades Claras klädnypor på mina bollar.

Vid denna tidpunkt var min penis nästan helt täckt på varje sida av stiften.

Sedan gjorde Angela, leende och vänlig, sin sak med klämmorna.

Varje klämma bestod av två platta metallstänger med skruvar i varje ände som måste dras åt för hand.

Efter att var och en hade lossats placerade han en klämma över en bröstvårta med en stång ovanför och under den, och lät sedan Cindy dra bröstvårtan genom klämman samtidigt som han klämde den.

När de båda var fasthållna var jag något lättad eftersom bara Cindy som drog i dem orsakade någon form av smärta.

"Nu ska jag klämma dem, kärring", sa han medan vi båda tittade på varandra.

När han klämde dem blev smärtan outhärdlig.

Jag hade aldrig känt så svår smärta, men jag ska vara förbannad, jag tänkte inte ge dem nöjet att skrika för det var precis vad Angela ville att jag skulle göra.

Clara beordrade mig att vända mig, vilket jag uppskattade för, efter att alla mina tv-fantasier med henne hade krossats av att hon fick veta att hon föredrog det motsatta könet, ville jag inte se henne slå mig och känna förnedring.

I verkligheten var hans piskande smärtsamt men spännande.

Var det på grund av min förnedring?

Med matte Celine kom vi aldrig till smiskfasen.

Efter hennes närmande och min introduktion tittade jag på hennes skönhet och hon log, och jag sa att jag hade sett henne i flera år varje helg när jag presenterade den lokala väderrapporten och utbröt att jag var kär i henne och tyckte att hon såg fantastisk ut.

"Vill du prova din vädertjej, Peter?"

"Det skulle vara en ära, älskarinna", svarade jag och fortsatte sedan med att placera mitt huvud mellan hennes ben när hon lyfte sin klänning.

Hon var varm och blöt och behövde en orgasm.

Min tunga arbetade hårt på hennes klitoris när hon pumpade sin kropp mot mitt ansikte.

När den var helt svullen kunde jag hålla den med läpparna medan tungan rann över den.

Det dröjde inte länge innan hon stönade av en orgasm och kärleksjuice täckte mitt ansikte.

Sedan steg hon tillbaka, tappade piskan och gick fram till min älskarinna och frågade henne skämtsamt om hon ville sälja mig till henne.

Efter att jag hade gått igenom mina introduktioner med var och en av älskarinnorna, knäböjde jag med böjt huvud och visste att älskarinnan Lucy var före mig.

"Hälsningar, matte Lucy. Jag är din slav, din slav Peter."

"Höj ditt huvud slav"

När jag gjorde det visste jag varför hon var där den natten, eftersom hennes skönhet var fängslande och jag verkligen älskade henne.

Han höll inga klämmor, men han höll en liten piska i höger hand, som jag direkt visste vad den var till för, eftersom han höll en munk i vänster hand.

"Bra jobbat slav. Din rättegång kommer snart att vara över och damerna gick med på att tillåta gaggen att sätta på så att du kan skrika när det behövs resten av natten. Nu, Angela, sätt gaggen i främre fjädring och helt hårt på den här pojken "

Angela tog munkavlen och utan någon mildhet förde den in den i min mun och säkrade munnen ordentligt efter att ha tryckt på mitt huvud.

Damerna tittade på allt detta, speciellt när han hjälpte mig upp vid klämmorna och för första gången kunde jag skrika in i munnen.

De lämnade mig i full avstängning för alla att se.

När Angela fick order om att ta bort klämmorna såg damerna med stort intresse min reaktion på att varje klämma togs bort medan jag skrek och kämpade för att försöka trösta mina bröstvårtor.

Då kom Lucy fram och ställde sig framför mig.

"Snälla, Peter, visa alla att du är min slav. Nu ska jag ta bort alla dina klädnypor med min lilla leksak och inte särskilt försiktigt. Alla tittar på din reaktion på vad jag gör, så låt oss göra det rätt."

Jag nickade och slöt ögonen fast besluten att inte skrika igen när piskans svansar började landa varhelst en klädnypa hade placerats, men de flesta av dem satt på min kuk och mina bollar.

Jag stönade och kämpade för att försöka fly piskan tills den slutligen stannade och jag öppnade ögonen för en leende älskarinna.

"Bra jobbat Peter", sa hon och vände sig sedan till sina gäster. "Det kommer att vara ett kort tidsintervall innan uppträdandet av The Final Suspension. Kan du snälla följa med mig med ett eget glas isvin medan tjejerna förbereder kvällens sista underhållning?"

"Vad fan pratar han om?" tänkte jag.

Den slutliga avstängningen? Kommer de att hänga mig?

Sedan sänkte de mig till marken och sa åt mig att knäböja medan Angela och Cindy sysslade med att förbereda sig för vad: min död?

Jag var för trött för att göra någonting, även när den tunga stången kopplades bort från kabeln och placerades bakom mig.

När jag tittade på min kuk såg jag att den hängde svagt och jag visste att inte ens Viagra skulle vara till stor hjälp i det ögonblicket.

Förvånad såg jag när Angela och Cindy tog fram någon typ av motor, som de kopplade till kabeln och sedan, efter att ha kopplat in den, testade den för att se till att den fungerade.

Sedan fästes stången som höll kedjorna till mina handledsmanschetter i botten av enheten och det hela lyftes och lyfte upp mig tills jag hängde av igen.

Den här gången lossade de spridarbygeln på mina anklar och tog bort den när de sänkte mig på fötterna.

Cindy lade sedan tunga läderhandbojor på mina lår precis ovanför mina knän och när båda spänndes hårt sänktes jag ner i sittande läge.

Jag kände mig avtrubbad överallt och var inte rädd för några ytterligare försök att tillfoga mig smärta.

En kedja knöts sedan från varje lårmanschett till den översta stången och spändes tills det visade sig att jag satt med benen spridda, medan vajern lyfte mig tills jag var cirka fem fot över marknivån.

"Cindy, låt oss prova det här innan sista föreställningen."

Angela nämnde det med låg röst och tog sedan tag i en elkabel som var ansluten till enheten ovanför mig.

Det som såg ut som en kontrollbox av något slag var ansluten till kabeln som Angela började dra fingrarna igenom.

Jag roterades först medurs och sedan motsols i hela varv i olika hastigheter och ryckte sedan även upp och ner.

Nöjd beordrade Angela Cindy att förbereda den sista biten, som jag såg uppifrån.

De bar en tung rund stålstolpe som var över fyra fot lång till en position direkt under mig och skruvade in den i vad jag trodde var ett gråthål inbäddat i betong på marknivå.

Efter att ha sett till att det var tätt och utan lösa rörelser, tog Angela tag i en kon av rostfritt stål från en låda och började skruva in den i toppen av metallstolpen.

På den tiden hände allt detta direkt under min kropp, så jag hade bra koll på vad som gjordes och vad jag trodde skulle hända, vilket startade en hård kamp från min sida eftersom jag inte ville. del av detta.

Angela tog omedelbart tag i basen av mina bollar, klämde och slog bollsäcken, som hon höll, så hårt hon kunde med sin högra knytnäve, vilket fick mig att skrika in i munnen eftersom allt jag såg var blanka svarta fläckar framför mina ögon.

"Sluta med det, Peter, annars fortsätter jag att slå dig tills du svimmar. Förstår du?" frågade Angela.

Jag slutade, men av två skäl, varav den ena var Angelas hot och den andra var det faktum att min kropp var helt utmattad.

Jag orkade inte mer eftersom avstängningen hindrade mig från att göra det och jag visste att jag resten av natten bara skulle hänga här och ta in smärtan.

Jag försökte hämta andan när jag tittade närmare på konen.

Även om det var svårt att säga, var toppen rundad och verkade vara ungefär en halv tum i diameter.

Detta ökade längs cirka tio tum i längd till en diameter av cirka två eller tre tum vid basen, vilket tycktes mig vara cirka tio fot.

Cindy täckte sedan det hela med ett tjockt lager glidmedel och började sedan gnugga min anus med det, genom att lägga en rejäl mängd på sina fingertoppar.

Hon skrattade medan hon spottade för att försöka få in fingrarna i mig, vilket plötsligt hamnade inuti mig och fick mig att flämta och stöna.

Medan min röv sköttes kopplade Angela in en CD-spelare och provade snabbt sin valda låt för denna jävla händelse av hennes eget skapande, som hon hoppades kunna återvända i natura någon gång snart.

Jag kände igen musiken omedelbart... och visste att dess långsamma takt skulle göra alla damer upphetsade, men skulle orsaka mig mycket smärta.

CD-spelaren var också ansluten till enhetens kontrollbox.

Angela hade förinspelat de första instrumentala takterna i låten och spelade den nu för att få damernas uppmärksamhet att indikera att hon var redo.

Jag såg hur damerna kom och stod i en halvcirkel runt mig cirka fem meter bort och jag såg Angela hälsa på matte Lucy när hon stängde av musiken.

"Damer, det här är en kort presentation som Angela kom på som hon kallar The Final Suspension.

Min slav Peter blev inte informerad om detta förrän för några minuter sedan och det är ett bra sätt för min slav att veta att alltid förvänta sig det oväntade.

"Du kan fortsätta Angela." sa Lucy.

"Tack frun," svarade Angela. "Jag hoppas att du njuter av spektaklet som jag kallar The Final Suspension och att alla män ska uthärda för uppträdandet på Pleasure of Pain."

Angela vände sig sedan om och gick till kontrollboxen och vred på några strömbrytare, vilket fick Cindy att sänka sig ner och styra min kropp in i konen, som gick in några centimeter i min rumpa.

Jag skrek in i munnen vid denna penetration och samtidigt märkte jag att alla damerna hade kopplat sina armar och uppmärksamt observerade denna förnedring av min kropp.

Sedan började musiken och den första minuten höjdes min kropp en tum och sänktes en tum eller två och höjdes igen och sänktes igen hela tiden i takt med musiken.

Damerna, arm i arm, verkade också röra sig efter musikens rytm så gott de kunde.

Jag hörde dem också ropa saker som "Detta borde hända alla män", "kvinnor styr", "män är avskum", "länge leve smärtans nöje", med hurrarop och klappar för hela låten.

Jag visste att tiken Angela skulle bli väl belönad för detta, men det fanns inget jag kunde göra annat än att bara stå där och skrika varje gång jag trängdes in i jungfruligt territorium.

Under den andra minuten av låten måste jag ha blivit penetrerad tre eller fyra tum eftersom jag inte längre rörde mig upp och ner, men nu roterades konen i små vänster- och högerrörelser.

Sen den sista minuten... var en där jag skrek i hela minuten, en oändlig minut verkade det för mig.

Inte bara konens spinn ökade, utan även upp- och nerrörelsen.

Jag kunde bara höra gillande vrån från folkmassan och visste att jag började tappa medvetandet för varje slag och till slut, i slutet av sången, stannade snurret och min kropp föll ner på konen; min vikt genom att gå ner så mycket jag kunde.

Sedan skrek jag högre än jag någonsin hade skrikit i hela mitt liv och sedan svimmade jag.

***

När jag vaknade var jag ensam...det var ingen där.

Dag hade förvandlats till natt, men lamporna i huset och gården gav tillräckligt med ljus för att han skulle se var han var.

När jag låg under galgstrukturen hade någon kastat en filt över min kropp och tittat mig omkring, det fanns inget som tydde på att en seans av något slag någonsin hade ägt rum.

Hade jag föreställt mig allt?

Den tanken förändrades när jag försökte röra mig och kände alla smärtor i kroppen.

Jag var fri från mina begränsningar och gagg, naken i gräset och hade ingen aning om vad jag skulle göra.

Musik och skratt kom från huset, men jag ville inte ha något med det att göra och kämpade för att resa mig, gick jag mot entrébyggnaden där det hade förberetts.

Jag snubblade genom byggnaden och hittade till min bil som jag snabbt satte mig i och ville starta den, men jag kunde inte hitta nycklarna.

"Gå ut ur bilen pojke!"

Jag tittade upp och såg Cindy klädd i en vit blus och en kort kjol.

Utan bh, gud vad vacker hon är, tänkte jag, men jag visste att det inte fanns något jag kunde göra just nu.

"Hörde du mig pojke? Gå ut ur bilen nu. Män måste lyda alla kvinnor och det betyder Peter, nu ska du ta dig för helvete härifrån i bilen."

Var jag för trött för att argumentera eller visste jag min plats i gruppen?

Hur som helst, jag klev ur min bil och såg Cindy räcka fram mina kläder för mig att ta på mig.

"Hej, de där kläderna är mina! "Var fick du allt det där?" Jag frågade efter.

"Sätt bara på den och sätt dig i bilen, jag måste ta dig hem och ta hand om dig. Mrs Lucy var orolig för ditt välbefinnande."

Jag var för trött för att säga något och tacksam för att någon tog mig hem.

Cindy parkerade på sidan av uppfarten och valde inte att gå in eller öppna garaget.

Lamporna var tända i huset och jag visste att jag inte hade lämnat några tända så jag insåg att de hade tagit mina nycklar och förberett huset någon gång under natten.

Efter att hon fick in mig i huset tog Cindy mig till badrummet och fick in mig i duschen, som hon gick in i med mig.

Hon tvättade mig, höll mig intill sig...det kändes så mjukt och så bra att jag visste att snart skulle min kropp återgå till det normala.

När vattnet stänkte över oss hörde jag ett högt ljud i sovrumsdelen.

"Vad var det där? Är det någon mer här?"

"Slappna av Peter. Det var bara det centrala kylsystemet eller något. Du hade en jobbig dag. Låt oss torka av och lägga oss i sängen."

Hon drog mig försiktigt torr, kysste min kropp där den var öm eller markerad och till sist gav hon mig en hård kyss på läpparna med hennes tunga som verkade massera min.

Åh gud, hon tänder på mig.

Nakna gick vi arm i arm till gästrummet, där alla lampor var tända.

Jag trodde att Cindy hade gjort det.

När vi gick in blev jag förvånad över att se matte Lucy naken på sängen iförd bara en svart stringtrosa.

"Ah, här är mina två slavar. De ser båda fantastiska ut. Kom, Cindy, och följ med mig. Nej, inte du, Peter, jag vill inte ha slav. Dina tjänster kommer inte att krävas ikväll, så gå till sovrummet nu!" "

Mitt hjärta föll lägre än någonsin när jag hörde hans ord och med böjt huvud gick jag till mitt rum.

Det var mörkt, så naturligtvis tände jag ljuset och där på sovrumsgolvet stod Angela!

Hon var naken med metallmanschetter på handlederna låsta bakom ryggen och även på vristerna och upphöjd i en undergiven ställning genom att ha sitt långa hår bundet med ett rep som var hårt bundet till hennes anklar.

En gag innehöll hennes flämtningar när hon såg mig ta in hennes skönhet och insåg vad som skulle hända härnäst.

Bredvid låg en liten läderpiska med en enkel flätad svans som såg ut som en miniatyrtjurpiska och ovanpå den låg en lapp.

Anteckningen kom från Mrs Lucy och sa helt enkelt:

"Kom ihåg Peter, förvänta dig alltid det oväntade."

När jag höjde piskan återvände min manlighet starkt och jag visste från det ögonblicket att jag aldrig skulle sluta tillhöra Smärtans njutning.

SANDYS ÖNSKA

"Jag väntar på dig på ditt vanliga hotellrum ikväll, jag behöver dig."

Sandy lägger på luren på Sam och väntar nervöst på hennes stora kväll.

Han har aldrig tagit så djärva steg med någon annan älskare.

Även om hon var krävande och hungrig som en varg , har ingen man berört hennes djupaste passioner som den här älskaren gör.

Och när hon trevande nämner det för honom, till stor glädje, är han mottaglig för det.

Hans sinne blev galet.

Kan den här älskaren verkligen ge henne det hon längtar efter?

I sin dagliga rutin är Sam en kraftfull och framgångsrik man, en man som alla i hans värld stannar upp för att lyssna på.

Och i hennes värld är Sandy en tyst gift förortsmamma, också lyssnad på, men bara av små barn.

Hon vill ha kontroll och respekt nästan lika starkt som han vill att någon ska ta hand om honom.

Någon att ta ansvar.

Någon som kan lätta på trycket att alltid vara ansvarig.

***

Sandy står framför hotellrumsdörren och vet att han väntar på henne där inne.

Nervöst knackar på dörren.

Han samlar sitt mod och minns sina fantasier och spelar sin roll lite.

"Öppna dörren nu, annars går jag hem."

Sam ler när han hör sin älskares röst beordra honom.

Hon kan nästan höra det musikaliska skrattet som åtföljer det mesta av hans tal, med vetskapen om att han i hennes liv i allmänhet får henne att skratta och detta är i synnerhet en förändring av takten för henne så hon måste explodera av glädje.

När dörren öppnas undviker hon ett leende.

Han ler mot henne och hans ögon tränger igenom hennes i ett ofrivilligt försök att kämpa för kontroll över situationen.

"Inte ikväll, Sam. Inte ikväll. Jag är ansvarig ikväll, inte du. Ta av dig allt och lägg dig. Gosa nu eller så går jag."

Sandy säger dessa ord med växande självförtroende.

Hans röst resonerar bestämt.

Sandy står med fötterna stadigt planterade på marken och ser honom klä av sig.

Varje klädesplagg han tar av avslöjar lite mer av hans otroliga kroppsbyggnad.

WOW.

Hur hon gillar det.

"Lägg dig nu på sängen. Och rör dig inte, Sam, annars går jag. Jag menar allvar."

Sandy låter allvarlig och bestämd, hennes första övning i kontroll och hennes spänning växer för varje minut.

Han lägger sig på sängen, hans maskulinitet, svag för tillfället, växer sakta och skapar en linje vinkelrät mot hans liggande kropp.

"Dina ögon på mig. Titta på mig."

Sandy står vid fotändan av sängen, med sin nakna älskare framför sig.

Medan mycket långsamt, och medvetet, tar bort varje klädesplagg.

Han drar sakta tröjan över huvudet och stannar framför sig.

Hennes dekolletage sticker ut från kupor på hennes svarta behå och försöker, svagt, hålla brösten på plats.

Hennes smala midja är täckt av en svart korsett, spetsad framtill för att framhäva hennes kurvor.

Hon tar långsamt bort sin kjol, tum för tum, och avslöjar en liten svart pärlstringstrosa med fina svarta rosetter på varje höft.

Hon vänder sig så att han är vänd mot hennes rygg och spänner långsamt upp sin behå så att hennes bröst svänger fritt över hennes korsett, befriad från deras tillfälliga fängelse.

Sandy suckar av förtjusning.

Med ryggen mot sin älskare vänder hon huvudet över hans axel och varnar honom igen:

"Rör dig inte".

Hon vänder sig sakta om och exponerar sina läckra bröst för honom, hon bär behån i sina händer.

Kastar den mot sängen och faller på hans knä.

Spetsen på behån kittlar i knäet och hon börjar böja sig ner för att ta av den.

Sandy tittar allvarligt på honom:

"Detta är din första varning. Rör dig inte. Du vet mycket väl vad som kommer att hända om du gör det."

När du kämpar för att hålla dig stilla känner du att din behå är obekväm och kittlar ditt knä.

Han blir allt mer medveten om sin närvaro.

Hans hud pirrar av lust att klia sig.

När deras ögon fortsätter att mötas, drar Sandy långsamt i banden på sidorna av sin svarta stringtrosa och lossar den.

Under tiden faller den till golvet, tillsammans med de andra kläderna.

Stående, nu helt naken förutom korsetten, höjer Sandy långsamt sitt vänstra knä från sängfoten till madrassen, på väg att krypa mot den.

Hon lyfter det andra knäet och ligger vid hans fötter.

Med händerna sträckta framåt svajar hans kropp lätt av okontrollerad lust.

Hon vaggar på knäna, efterliknar hans önskan att rida på sin hårda kuk, samtidigt som hon ser lustfullt in i hans ögon.

Sam ligger där, villig att hålla händerna vid sina sidor och kämpar mot lusten att ta kontroll över denna vackra sexkattunge vid fotändan av sin säng.

Han påminner sig själv om hur länge de har väntat på att uppfylla denna fantasi ordentligt, och han vill uppfylla den in i minsta detalj.

Han vrider sig otåligt och påminner sig själv om att om han rör sig kommer han att förstöra detta läckra spel.

Hans kuk står på uppmärksamhet och Sandy kan inte låta bli att lägga märke till hur absolut aptitretande han ser ut.

Han slickar suggestivt sina läppar och möter hennes blick och märker svetten som bildas på hans överläpp.

När han kämpar för att följa sina önskningar för den natten.

Hon stannar och inser att hennes behå fortfarande gnuggar mot hennes knä, med vetskapen om att tygets material måste göra honom galen.

Som tur är för honom lyfter hon upp honom från sitt knä.

Men så kör hon långsamt nät- och spetstyget uppför låret, över ljumsken, lätt smeker över huden, tills hon till slut slänger den bakom sig till högen av kasserade kläder vid fotändan av sängen.

Hon glider graciöst med sin kropp och tar sin mun några centimeter från hans.

När hon tittar på hans läppar vet hon att det är den mun hon kysser med rå passion, med sådan hunger.

Hon vet att han kämpar mot sin starkaste önskan att inte stå still och sluka henne med munnen.

Sitter på hans bröst och stöttar hennes kropp med hennes starka ben, hennes ivriga fitta och hennes frodiga hud skaver mot hans överkropp.

Hon gränsar honom och frågar honom mjukt:

"Vill du smaka på mig?"

Darrande, med vetskapen om att de helt har bytt makt för natten, kan han bara nicka.

Som svar på hans nick kör Sandy med långfingret över hans droppande slits och lyfter upp sig lite så han tittar på henne.

Med sitt finger glittrande av hennes safter, kör han det under hennes näsa, utan att röra hennes hud.

"Känner du lukten av mig, Sam?"

Han nickar igen.

"Vill du smaka på mig, Sam?"

Sandy absorberar helt sin roll som ansvarig och tycker om att reta och reta honom, med vetskapen om att i slutet av natten kommer de att ha upplevt något helt nytt.

Sandy rör med sitt finger mot hans darrande överläpp och matar honom med hennes safter som en oas i öknen.

När du drar fingret över hennes läppar lutar hon sig framåt, så hennes bröst svajar och borstar mot hans bröst medan hon gör det.

Han sticker ut sin tunga, han slickar bara hennes läppar, delar hennes juice, smakar på hennes läppar, hindrar sig från att sluka honom, i vetskap om att när han kysser henne kommer han att förlora kontrollen han har arbetat så hårt för att uppnå.

Läpparna spänns när hon spelar, Sandy återfår snabbt sin lätta förlust av lugn.

Han sticker fingret mellan tänderna och slickar hennes essens.

Hennes ögon och hans ögon separeras aldrig och med sin blick har de redan knullat varandra tusentals gånger innan deras kroppsdelar ens sammanstrålar.

När hon glider ner över hans bål lite, leker hennes rumpa med hans upprättstående kuk medan hennes skinkor omsluter hans bultande manlighet när den kämpar för att trycka sig mellan hennes ben.

Hon fortsätter att glida tillbaka, hennes varma varma blomma borstar spetsen på hans hårda spö, retar och retar honom med hennes värme.

Hon glider ner för hans ben, som han kämpar för att hålla stilla, tills hennes mun når hans massiva erektion.

Sandy glider sakta med tungspetsen mellan hans läppar och slickar på huvudet, men inget annat.

Hennes älskare försöker hårt trycka djupt in i hennes hals, men hon vägrar att ge efter för sin önskan att omsluta honom med sin mun.

Istället plågar hon honom långsamt, bara slickar som en glassstrut och smakar det rundade huvudet på hans kuk.

"Vill du ha mer, Sam?" frågar Sandy sött.

"Äh va," kommer ett strypt svar från hans hals.

"Jag behöver att du visar vad du vill. Visa mig vad jag ska göra med din mun."

När Sandy säger detta, glider hon upp sin kropp från hans kuk mot hans mun, där hon planterar sin droppande fitta bredvid hans mun.

"Visa mig hur du gillar att bli slickad. Jag behöver lära mig och bara du vet vad du behöver mest."

Sandy gränsar sin mun direkt, samtidigt som hon tar tag i sidan av hennes huvud med båda händerna, styr hennes huvud framåt för att få hennes mun och fitta i direkt kontakt.

"Ät mig. Visa mig hur mycket du vill ha mig."

När hon beordrar honom att göra detta släpper Sandy hennes huvud och lägger sig tillbaka på armarna och för hennes fitta närmare hans mun.

Hon kastar huvudet bakåt i extas och inser att hennes älskare återigen verkligen njuter av hennes rollspel när han hungrigt kretsar runt hennes fitta, i vetskap om att om hon gör ett bra jobb kommer belöningarna att bli enorma.

Han kör tungan över hennes läppar, öppnar hennes blomma, suger på hennes klitoris, han känns omväxlande mer otrolig i hennes hungriga mun.

Han fortsätter att slicka henne tills hans upphetsning rinner nerför hennes haka.

Han sträcker sig ut för att ta tag i hennes höfter och hon backar snabbt.

"Jag sa åt dig att inte röra dig. Det här är din andra varning."

När hon snabbt tar bort sin fitta från hans mun, tittar hon på den förvirrade blicken i hennes älskares ögon.

Sandy kan inte hålla sig helt i karaktären och lutar sig framåt och slickar ömt hennes saft från hans ansikte, kysser hans kinder och tittar in i hans ögon så att han förstår att hon verkligen spelar spelet, men att ingenting verkligen kommer att hålla henne från honom.

Efter att hon slickat hans mun, får påminnelsen om hans egen upphetsning honom nästan att tappa kontrollen.

Skakande för att behålla sin roll, flyttar hon snabbt ifrån honom igen och klättrar upp ur sängen för att titta på sin älskare som ligger där och väntar på hans nästa drag.

Hans kuk glittrar där hon slickade huvudet, men hon märker en liten droppe precum som trycker från spetsen.

"Sam, det låter som att du är riktigt exalterad. Kan du berätta om det?"

"Du gör mig galen, Sandy. Det här är den sötaste tortyr jag någonsin har känt."

"Tja, Sam, tålamod har sina belöningar och jag vill att vi båda ska lära oss något. Och jag är inte i närheten av att vara färdig med dig."

När hon säger detta trycker hon sig snabbt ur sängen och böjer sig för att ge sin älskare en vy över hennes underbart rundade rumpa.

Han stönar lustfullt och vet att han bara måste titta.

Hon drar upp något ur sin väska och vänder sig om med ett litet föremål, men med knuten näve, uppenbarligen, för hon är inte redo för att han ska se.

"Blunda", beordrar han.

Varje bit av deras viljestyrka testas eftersom de enda restriktioner och förbud de använder för detta rollspel är rent mentala.

Han har valt att inte röra sig eller öppna ögonen, helt enkelt för att Sandy har begärt det.

Han känner hur hennes kropp rör sig bredvid hans och madrassen förskjuts något eftersom hon måste ha suttit bredvid honom.

Hennes lilla hand rör vid huvudet på hans kuk, hennes finger gnuggar precum runt toppen.

"Sam, du ser ut som att du är redo att explodera. Men jag är redo för det. Men oroa dig inte och öppna inte ögonen eller rör dig."

Tystnaden är öronbedövande eftersom det enda ljudet i rummet är hans allt mer ansträngda andning.

Sandy tar tag i hans kuk med ena handen, och med den andra glider han något över huvudet, en kall metallring som skickar en rysning genom kroppen och får hans ryggrad att rysa.

Hon glider ringen till basen av hans kuk, och hans puls rycker.

Omedelbart känner du att du blir starkare och svullnar.

"Öppna dina ögon."

Hans älskare öppnar ögonen och fångar en blixt av metall och en dyna vid basen av hans massiva erektion.

"En kukring, va?"

"Det här är mitt säkerhets-wild card, Sam. Jag har mycket att göra med dig och jag vill inte att det här ska sluta innan det börjar. Kan du känna det?"

"Ja, det är tight."

"Är det obekvämt?"

"Nej, bara annorlunda."

Hans älskare sväljer, lite nervöst, efter att aldrig ha använt någon form av vuxenleksak.

"Lagret är designat för att ge mig nöje. Jag ska se hur det känns. Håll still."

Sandy njuter av sitt kontrollspel och hennes upphetsning börjar nå en febernivå.

Hennes varma juicer flödar fritt, så allt hon behöver göra är att gränsla honom och gå ner på honom, som omedelbart fyller henne med sin enorma kuk.

Hon lutar sig framåt så att rullen rullar över hennes klitoris.

Hans kropp värmer omedelbart den kalla metallen och trycker suggestivt mot hennes magiska fläck när hon gungar framåt.

Hans kuk böjer sig något när hon knyter sig in i hålet.

Hon tar tag i hans handleder med sina små händer, även om varje typ av immobilisering bara är symbolisk, eftersom han lätt skulle kunna besegra henne.

Hans spel handlar egentligen inte om makt.

Hon poserar helt enkelt som angriparen, den erövrande hjältinnan.

Med en slug blinkning av outtalad förståelse dem emellan intensifieras deras ömsesidiga njutning.

"Det här är vad jag vill, Sam. Kan du känna mig? Kan du känna hur het du gör mig?"

Sandy biter sig i underläppen när hon trycker hårdare.

Väggarna i hennes vagina drar ihop sig och griper Sams medlem med besittande dominans.

Hon står högre och klämmer på hans kuk när han känner hur kukringen begränsar hans upphetsning, vilket gör det svårare.

Sam grimaserar när hans instinkt är att skjuta sina höfter vilt i djupet av hennes feminina charm.

Men när han kommer ihåg att han redan har två varningar, kämpar han för att hålla tillbaka sig själv.

Sandy glider till toppen av hans kuk, med bara huvudet inuti henne, och sitter helt stilla, redo att släppa honom eller omge honom.

Det spända ögonblicket fortsätter när Sandy förblir helt stilla.

"Sam, tycker du om det här? Gillar du hur din älskare spelar? Kan du följa mig igen?"

Sandys lekfulla retande gör Sam spännande när han inser att han bara kan passera gränsen en gång.

Istället för att svara henne höjer han sina höfter och sänker ner sin bultande lem full av manlighet i henne.

Tuppringslagret rullar över hennes klitoris och han ler lekfullt mot henne,

"Tre varningar skickar mig till bänken?"

Sandy ryser ett ögonblick, fast besluten att behålla kontrollen och ler tillbaka mot Sam.

"Baseballanalogi, va? Jag skulle kalla det här ett fult samtal. Låt oss gå till en annan pitch."

Sandy fortsätter att hålla Sams handled i ett slags falskt grepp när hon motvilligt drar sig ifrån honom.

När man ser det blir plötsligt premissen för spelet mindre viktig.

Hon vill att den här mannen ska trycka in i henne och hon tappar sin viljestyrka för varje minut.

"Jag tror att jag måste kolla med pitchern," säger Sandy och håller baseballanalogin vid liv men lutar sig in för att kyssa Sam.

Hon trycker sin mun mot hans och stönar lustfullt, medan rollspelet snabbt avdunstar.

Andlös drar hon sig ifrån honom.

"Fulla mig nu. Det är min beställning, Sam."

Sam ler mot sin Sandy och andas lättad.

"Med eller utan den här saken?"

Sam pekar nyfiket på cockringen.

"Med det, tills du är på väg att nå klimax, då tar jag av det."

Sandy rullar över på ryggen och sprider sina ben med en förförisk inbjudan.

"Sam, kom ihåg att jag fortfarande är ansvarig och jag vill att du knullar mig med munnen."

"Med nöje, min matte. Med nöje. Nu är det din tur att stå still."

När Sandy sprider sina ben placerar sig Sam mellan dem och virvlar hungrigt tungan mellan dem och känner efter nektarn. glida över hans tunga, som flyter tacksamt för hans upphetsning.

När han slickar hennes öppna blomma och går runt henne stönar Sandy med en längtan av ursprungsbegär.

Sandy förlorar sig själv i känslorna av Sams tunga och flyter till en plats långt borta från hennes hotellrum.

Hon tar tag i hans huvud och uppmanar honom tyst att följa med på hennes extatiska resa.

Sam mäter hennes svar och vet att hon är på gränsen till sin orgasm.

Han glider uppför hennes kropp, smaken av henne fortfarande på hans läppar.

När han trycker in sin kuk i henne, kysser han hennes mun djupt.

När Sam går in i henne med lätthet känner hon hur hennes darrande väggar omger honom.

Hon känner hans ring mot sin klitoris när Sam trycker fram igen och igen och visar henne att det krävs två, inte en, för att älska.

Hon böjer sina ben bakåt tills de vilar på Sams axlar, och han går helt in i henne.

Hennes kropp är full av honom, hennes klitoris kittlar och han känner varje djup av hennes kvinnlighet.

Sam förtär hennes ansikte, nacke och axlar med sina kyssar.

"Åh Sam."

Sam ökar farten, med vetskapen om att hans Sandy är mycket nära klimax.

Hon börjar röra på sig och han minns kvällens premiss.

"Är du redo, min matte?"

"Jag är."

Sam uppehåller en stund och drar sig tillbaka från Sandy igen.

Hon tar tag i hans kuk, mättad med hennes juicer, och rullar upp kukringen.

Den rundade metallkulan spårar en osynlig väg längs din kuk.

Med den glödande ringen i handflatan ler han mot symbolen för deras ömsesidiga extas.

Sandy för ringen till sin mun och slickar omkretsen, utan att titta bort från Sams ögon.

Hon håller ringen mellan tänderna och lutar sig mot Sam när han drar den från hennes tänder, bara för att slänga den på sängen.

"Du är så vacker att ingenting kan hindra mig från att vilja vara inuti dig, på alla sätt."

"Ta mig, min älskare."

Utan ett annat ord trycker Sam in sin rasande erektion i Sandys hungriga öppning.

Hon välkomnar honom praktiskt taget inomhus med ett välkomstrop.

Han knuffar henne upprepade gånger brutalt, om och om igen.

Sandiga stönar med okontrollerbar passion.

" Mmmmmmmmmm , Sam. Åh älskling. Sådär, sådär, högre, sådär ."

"Åh älskling, Sandy, jag älskar dig så mycket."

"Kom igen Sam, hårdare."

Sam stannar upp en stund och drar sig ur Sandys värme.

"Sandy, jag är redo att explodera. Är du redo?"

"Jag var redo för dig när du kom in, Sam."

När Sandy säger detta hukar hon sig ner och guidar Sam tillbaka till sin ivriga öppning.

I en snabb rörelse trycker Sam mot Sandy och biter ihop tänderna.

Begraver sin bultande kuk djupt i henne.

Hon stönar som en kvinna som plötsligt blivit fylld av allt hon behöver.

"Åh Sam, du har det fortfarande stort för mig."

"Varför har inte din man det så förberett för dig? Jag har psykat upp mig hela dagen . Jag älskade att se dig ta kontroll."

"Det är sant att du inte har det så, och jag älskar att dela det du har med mig."

Älskarna slutar prata och börjar röra sig snabbare, båda så farligt nära deras klimax.

Sam stöter upprepade gånger och Sandy reser sig för att möta alla hans stötar medan de valsar in i primär glädje.

"Åh Sam, kom med mig... jag är redan där..."

Sandy flämtar och vrider sig medan hennes ansikte förvrängs av okontrollerad passion när vågor av sammandragande muskler tar över hennes kärna och utstrålar njutning genom hennes kropp.

"Åh Sandy..."

Sams kropp stelnar och han tar henne i sina armar när han överför all sin energi från sin pulserande kuk till Sandys välkomnande kropp.

Hans sperma rinner in i henne, medan hennes juice rinner runt hans kuk, i flytande extas.

De faller andlöst ihop på madrassen och håller varandra i handen när deras hjärtslag saktar ner.

"Det var mycket bättre än den vanliga snabbisen, tycker du inte?" Sam ler elakt mot Sandy.

"Åh, ja, och min man att åka på en resa var bra. Så vi kunde njuta av vårt rum bättre."

"Tja, älskling, jag ville verkligen inte spendera all min uppdämda passion för att få min fru i säng. Jag ville ge allt till dig."

"Och jag ville att du skulle ge allt till mig. Jag skulle säga att vi fick vår önskan, eller hur?"

"Ja. Och vi har fortfarande tid för mer eftersom min fru inte väntar mig hem någon gång snart..."

"Lysande! "Vi måste göra den där läckra kuken hård igen," sa Sandy när hon böjde sig ner för att slicka hans kuk igen...

ZOMBIE APOCALYPSEX

Den bästa delen av zombieapokalypsen?

Tjejerna tackar dig när du räddar deras liv.

Jag är seriös.

Det gör de verkligen, även om du har en typ som min.

Jag är inte den längsta killen i stan eller den smartaste eller snyggaste.

Jag är så normal som du kan bli.

Jag är fem fot sju lång.

Jag har rakt brunt hår som jag lämnar kort.

Det är inte mahogny eller brunt hår.

Den är inte lång eller vågig eller särskilt glänsande.

Den är brun, som en typisk brun tecknad film.

Jag är varken tjock eller smal.

Jag är bara, fan, jag vet inte.

Otränad?

Den bästa övningen jag någonsin gjort var att svinga det medeltida svärdet som jag köpte på en renässansfestival för ett par år sedan.

Fan, jag älskade att snurra den där dåliga tjejen.

Han köpte till och med vattenmeloner, lutade dem på en staketstolpe och skar dem som en riktig medeltida krigare.

Jag erkänner det.

I mina tankar har jag alltid varit lite dålig.

Vem kunde tänka sig att allt det där svärdsvingandet en dag skulle komma väl till pass?

Men inget av det räckte för att rädda min mamma eller min syster.

Jag antar att jag borde säga att jag inte kunde rädda min pappa heller.

Men det är roligt att säga att jag inte kunde rädda honom, när det var jag som skar av honom huvudet.

Ja, det suger.

Jag gillade den gamla.

Jag vässade Excalibur, som jag kallade mitt svärd, på mina knän när han kom in i mitt rum.

Jag insåg att något var fel.

Han var täckt av blod överallt, vilket jag senare fick veta var mammas.

Jag såg inte var han blev biten, men det spelade ingen roll.

Han morrade, precis som i filmerna.

Det var ett djupt, gutturalt ljud som lät som om det kom från ett djur snarare än en människa.

Han vacklade mot mig, blodtäckta händer utsträckta, och jag visste.

Jag vet inte hur jag visste, jag bara visste.

Så jag ställde mig upp och skrek något i stil med "Back off!"

När han inte reagerade svängde jag svärdet.

Mitt första mord.

Pappa.

Död och åter död.

Efter att ha kräkts mådde jag bra.

Jag sprang genom huset.

Jag hittade mamma död och i bitar.

Min syster var på bakgården med tre andra zombies som fortfarande bet henne.

Hon var alltid en hora.

Jag tog hand om var och en av dem utan extrema fördomar.

Det var lättare än det kan verka.

Med maten framför sig, min syster, tänker zombiesna äta.

De bryr sig inte så mycket om någon annan går med på festivalen.

De bryr sig inte om det finns mer gratis lunch i närheten.

Allt de bryr sig om är att komma åt godsakerna inuti.

Efter att hjärtat, lungorna och organen försvunnit börjar problemen.

Sedan ställer de sig upp och letar efter mer.

Det dåliga är hur snabbt de kan äta.

De kan gå igenom en människa snabbare än, ja, jag vet inte vad.

Efter att ha dödat den sista av zombies som ätit upp min syster, tittade jag på vad som fanns kvar av henne.

Det var inte snyggt.

Det var bitar av lungor och de flesta av hans tarmar.

Uppenbarligen gillar zombies inte att äta skit.

Verkligen, vem kan klandra dem?

Nancy Williams är den fastnade snyggingen som bor granne med mitt hus.

Det finns en trädgård som skiljer våra hus åt.

Jag stannade tillräckligt länge för att ta på mig mina sneakers och sprang mot hans hus.

Jag kanske var för sen, jag visste inte, men jag var tvungen att försöka.

Nancy kan vara en fast tik, men hon förtjänade inte att dö i händerna och munnen på en zombie.

Gick inte bra.

När jag sprang kunde jag se att deras yttre lampor var tända.

Lamporna fungerar som en rörelsedetektor.

När jag kom närmare kunde jag se varför de var på.

Tre av de odöda befann sig på gården och snubblade mot hans dörr.

Jag såg när den första sprang mot dörren innan jag hann komma dit.

Som en idiot öppnade Nancys pappa dörren och han var den första som dog.

Det gav mig möjligheten att eliminera de tre zombies som föll på killen för att vara middag.

Som jag sa, när de äter ignorerar de odöda allt annat.

Nancys pappa såg ut som ett vrak.

Jag hoppade på hans kropp och ringde Nancy.

Å andra sidan hade jag tur att Nancys mamma kom ut.

"Vad gjorde du med min man?" skrek hon och kastade en lampa på mig.

En jävla lampa!

Jag slog henne med Excalibur.

All den baseboll han hade spelat som liten hjälpte också.

"Mrs Williams! Zombies!" Jag försökte förklara.

Hon gav mig en vild blick och sprang mot sin mans kvarlevor. Dålig idé.

Peter Williams var dålig nog att dö och komma tillbaka.

Han tog tag i sin fru och började äta.

Det är skriken som fortfarande håller mig vaken vissa nätter idag.

Även om det inte är damen. Williams, när jag hör skrik på avstånd byter jag alltid ut deras skrik mot de jag hörde den dagen.

Att bli uppäten levande gör ont.

Jag har haft gott om tid att lösa mysteriet.

Om de biter dig vänder du dig.

Det spelar ingen roll var de biter dig, bara att de gör det.

Du måste undvika att vara en bit.

Och fråga mig inte varför, men att ha zombie-tarm eller blod på dig eller i munnen gör det inte.

Om bettet är dödligt (Mr Williams blev först biten i halsen) och andra zombies inte sliter dig i stycken, kan du vända dig ganska snabbt.

Så fort du dör antar jag.

Om det är ett bett utan dödlig utgång tar det ett tag för giftet att göra sitt jobb.

Du dör fortfarande och blir en av de odöda, men det kan ta några timmar eller till och med dagar.

Så det är därför du efter ett tag börjar döda de nybitna med lika mycket straffrihet som du ger de där redan vända sakerna.

Varför inte?

De kommer bara att orsaka problem förr eller senare.

Jag gör inte så mycket av det, men jag gör det.

Mrs Williams skrek fortfarande när hon blev blodigt mördad (i den mest exakta beskrivning jag kan ge) när Nancy sprang in i rummet.

Jag var förvirrad och rädd.

Hon såg vad hennes pappa gjorde med hennes mamma.

"Göra någonting!" skrek hon på mig.

Jag var redan inne på det.

Jag svängde svärdet mot Mr Williams huvud och halshögg honom.

Nancys mamma vände sig snabbt om och trasiga, men knappt uppätna.

Hon morrade åt mig och det var allt jag behövde.

Vid ett tillfälle var han utan huvud.

"Min Gud!" sa Nancy.

"Ja. Zombies," förklarade jag.

"Nej skit", sa hon.

Han var klädd i en tight t-shirt och bomullsshorts.

Han såg varm som fan.

Hon hade ingen behå.

Hennes bröstvårtor var hårda som fan.

Det är lustigt hur jag kan minnas allt det där som om det hände igår.

"Det finns mer?"

"Tre till döda längst fram," sa jag.

Jag gjorde mitt bästa för att skjuta bort hans föräldrars kvarlevor och stänga dörren.

TV:n var påslagen i vardagsrummet och utroparna hade gått in i programmet med de senaste nyheterna.

Skiten var på riktigt och det hände överallt.

Ingen visste varför.

Ingen visste om det fanns ground zero.

Ingen brydde sig.

Nancy och jag gick fram till soffan och tittade förvånat på skärmen.

"Tack för att du räddade mitt liv", sa hon efter att de nya tidernas verklighet sjunkit in.

"Inga problem", sa jag.

"För jag?"

"För att du är snygg", sa jag till henne.

Det var sanningen och jag var för rädd för att ljuga.

"Tack", sa han och vi fortsatte att titta på tv.

Jag minns inte när det hände, men efter ett tag föreslog Nancy att jag skulle ta en dusch och tvätta bort blodet.

Jag gjorde det.

Han gav mig några av sin fars kläder att bära.

Det passade mig inte särskilt bra.

Jag brydde mig inte.

Jag kunde gå hem och leta efter kläder.

Sedan tog han mig till sitt rum.

"Jag vill inte dö som oskuld", sa han och gav mig en trevande kyss.

"Är du oskuld?" Jag frågade.

Med tanke på att de döda vaknade till liv och åt de levande var det nog en liten detalj, men det förvånade mig ändå.

"Om du inte?"

"Fan fan" sa jag.

"Skit."

"Jag menar allvar", insisterade jag.

Hon lade handen på höften och gav mig den där klassiska perversa looken som tack och lov slutar efter gymnasiet.

"WHO?" han krävde.

"Katty Walker? Andy Muller ?"

"Nej , faktiskt gjorde jag det först med Vicky Flowers , men jag gjorde också något med de andra två. Och de var roliga. Jag saknar dem".

"Varför räddade du inte en av dem?"

"Du var närmare."

"Jag kan inte tro att jag är oskuld och det är du inte," sa hon.

"Det betyder bara att jag vet vad jag gör," föreslog jag.

"Om vi inte dör och du berättar för någon om det här, kommer jag att döda dig."

Jag satte Excalibur bredvid dörren till hans rum, där han lätt kunde ta tag i den.

Sedan kysste jag henne.

Jag lekte inte kyssa henne, jag menar, jag kysste henne.

Fy fan.

Jag var hjälten.

Han hade sett tillräckligt med filmer.

Jag tänkte kyssa henne som en hjälte.

Jag tryckte mina läppar mot hennes och tryckte in min tunga i hennes mun.

Nancy stönade förvånat innan hon smälte mot mig.

Sedan drog han sig undan och tog av sig tröjan.

Jag hade rätt.

Hon hade ingen bh på sig, hon hade stora bröstvårtor och hennes bröst var perfekta, serverade till mig som en tårta på varje sida.

Jag antar att det är dumt av mig att gå in i detalj om vad som hände sedan, men fy fan.

Fram till den punkten i mitt liv var Nancy den perfekta tion för mig.

Hon var den sexiga tjejen som varje kille använde i sina fantasier.

Jag tog av hennes pappas kläder (läskigt, jag vet) och lät henne se min hårda kuk.

"Jag vet inte vad jag ska göra," sa han.

"Ta av dig shortsen så tar jag hand om resten", sa jag till honom. "Du har sett en hård kuk förut, eller hur?"

"I filmer och annat."

"Bra nog. Så du vet att du ska suga den först, eller hur?"

"Jag måste?"

"Nej, du kan dö oskuld", sa jag och låtsades klä på mig.

"Vänta, så här?" hon frågade.

Hon lindade sina ganska fylliga läppar runt mig och började suga.

Hon var inte så bra på det.

Hon var inte lika bra som Andy Muller .

Nu kunde den där tiken suga en jävla kuk!

Men det spelade ingen roll, inte riktigt.

Det skulle inte passa in i Nancys mun.

Jag ville bara se hennes ansikte virat runt min kuk.

Det var ett minne av min bror som hon inte kände till.

Det var ett tack till alla gånger en av oss, brodern, hade sagt till den andre: Det enda som skulle få henne att se snyggare ut vore att se henne virad runt min kuk.

När hon smuttade, fann jag mig själv i att hoppas att min bror var okej.

"Jag gör det rätt?" hon frågade.

"Bra nog", sa jag.

Jag var redo att knulla.

Fy fan.

Fan allt.

"Varför lägger du dig inte på sängen?"

Nancy klättrade upp på sängen, lade sig på rygg och tittade eftertänksamt på mig.

"Kommer det att göra ont?"

"Kanske", sa jag och placerade mig mellan hennes ben för första gången.

Vicky hade varit den första.

Innan vi gjorde det hade vi läst om hur man gör.

Det är vad nördar gör, antar jag.

Jag visste från vår läsning att vissa tjejer, de med en intakt mödomshinna, kunde känna skarp smärta när den brast.

Det kan vara lite blod.

Därifrån skulle det gå smidigt.

Så var det med Vicky och Andy.

Så var inte fallet med Nancy.

Jag gled in i henne utan problem.

"Är du säker på att du är oskuld?"

Tja, i efterhand, det var inte det lämpligaste att säga när du kom in på en tjej som sa att hon var oskuld.

"Din jävla jävel! Gå av mig!" skrek hon och ryckte mot mig.

Jag kom ur det.

"Vad fan menar du?"

"Jag säger bara att de andra tjejerna..."

"Fan de där hororna", sa han och började sedan gråta.

Perfekt tänkte jag.

Som om det inte vore nog med en zombieapokalyps fick han ta itu med en gråtande bortskämd brat.

"Jag är ledsen" sa jag och klev upp ur hans säng.

"Vart ska du?"

"Jag vet inte. Hemma? Döda fler zombies? Jag vet inte."

"Men jag trodde att vi skulle göra det, du vet..." Hon snyftade fortfarande.

"Vi gjorde det precis. Det är allt som krävs, en träff. Grattis, nu är du inte längre oskuld."

"Men Julian sa att det inte räknades om jag inte fick orgasm."

" Julian ? Julian Walker?" Jag frågade.

Hon nickade.

Julian Walker var .

Han var stjärnspelaren i vårt gymnasielag i fotboll och var hennes pojkvän.

"Knullar du och Julian ?"

"Vi gör den delen, men Julian sa att jag fortfarande var oskuld eftersom jag inte fick orgasm."

"Har du någonsin fått orgasm?"

Hon rodnade och nickade.

"När jag gör det själv."

"Med fingrarna."

"Hej, nej! Jag använder min leksak. Jag tänker inte röra mig själv där."

"Får jag se din leksak?"

"Nej", sa hon.

"Okej", ryckte jag på axlarna.

Jag tog upp hans fars överdimensionerade byxor.

Jag var tvungen att ha på mig något på vägen hem.

"Vänta, här är den", sa hon och drog fram en enorm gummivibrator ur nattdukslådan.

"Använder du det på dig själv?" frågade jag chockad.

Hon nickade.

"Inuti eller utanför?"

"Båda. Jag gillar det inuti, riktigt djupt. Det är dåligt, eller hur? Julian sa att det var därför det var så stort där nere."

Jag var förvirrad ett ögonblick.

Han hade inte varit inne i henne på länge, men han var långt ifrån för stor.

Hon kände sig trång.

Jag visste att täthet inte hade något med oskuld att göra, så det fanns bara ett svar kvar.

"Får jag ställa en fråga till dig? Vems är störst, min eller Julians ?"

Jag mötte henne med min kuk fortfarande hårt framför henne.

Julians är hälften så stor. Är du svart? "

"Den där?"

" Julian sa att de enda killarna med större kukar än han var svarta."

"Nancy? Julian ljög för dig. Jag är större än genomsnittet, men jag är inte ett freak av naturen."

" Julian sa att alla killar i porr var delvis svarta."

" Julian är en jävla lögnare", skrattade jag och undrade hur många andra sätt jag kunde tas för en dåre.

Jag tänkte ta mig tid att förklara det för henne, för att göra saker tydligt med henne, men det verkade vara för mycket arbete.

"Titta, det är okej. Julian är en liggande jävel med en liten kuk och jag går tillbaka till mitt hus för att hämta lite kläder som passar. Om du vill komma så knullar jag dig i min säng."

Hon gjorde det och jag gjorde det mot henne och jag antar att hon förlorade sin oskuld när hon kom medan jag fortfarande var inne i henne.

Jag vet inte, det är sådana här nätter som jag tänker mest på Nancy.

Hon tappade aldrig sitt tikläge , men jag tycker ändå att det var tråkigt att jag var tvungen att ta hand om henne dagen efter.

Vi gick från hus till hus i grannskapet för att se vem som var kvar.

Nancy ville inte lyssna på mig för att vara försiktig.

Hon sprang till sin pojkväns hus och han bet henne.

Nåväl, det händer. Jag tog huvudet på dem båda.

Först hennes pojkvän och sedan, efter att hon konverterat, till Nancy.

Men det var så jag träffade Cristy Walker, den lite äldre systern till Nancys pojkvän.

Cristy hade gömt sig i sitt rum med dörren stängd mot sin bror.

Han hörde röster, dödande och till sist att jag sa adjö till Nancy.

"Hallå?" ropade han från sitt rum. "Vem pratar?"

"Det är jag", svarade jag och presenterade mig. "Det är säkert nu."

"Det finns zombies", skrek han.

"Jag vet."

"Du, vet du redan hur man gör? Har du dödat dem?"

"De är döda igen", lovade jag.

"Jag måste verkligen kissa", sa han, öppnade dörren och sprang ner i korridoren till badrummet.

Hon stängde inte badrumsdörren.

Jag tittade inte.

Det kändes oförskämt.

"Vem är du igen?"

"Jag bor på kvarteret nedanför."

"Är du den konstiga killen som skär vattenmeloner med ett svärd?"

"Ja det är jag."

Cristy rodnade och gick tillbaka till korridoren.

Hon var klädd i trosor och en t-shirt.

Hon såg sin bror och Nancys ben.

Resten av dem var inne i det andra rummet.

Cristy kramade mig och gav mig en enorm kyss.

"Tack", sa hon.

Jag antar att han tittade på hennes bröst från vad han sa härnäst.

"Håll mig säker och de är dina", sa han och kysste min kind. "De och alla andra delar av mig."

Som jag sa, det finns inget som zombieapokalypsen för att plocka upp tjejer.

SLUTET

www.ingramcontent.com/pod-product-compliance
Lightning Source LLC
LaVergne TN
LVHW101950220826
846093LV00006B/166

* 9 7 9 8 2 2 4 3 8 6 9 3 2 *